ねんてん先生の

俳句《はいく》の学校《がっこう》 1

季節のことばを見つけよう 春夏

監修 坪内稔典

教育画劇

ねんてん先生の俳句の学校

まえがき

五七五《ごしちご》でしゃべってみましょうか。

「こんにちは風《かぜ》がふわふわ吹《ふ》いてます」
「そうですね春《はる》の風《かぜ》ですルンルルン」
「グランドでボールけろうよサアけろう」

こんなふうに五七五《ごしちご》で話《はな》すと、なんだか楽《たの》しいです。いつもとちょっとだけ気分《きぶん》がちがってきます。五七五《ごしちご》の言葉《ことば》の世界《せかい》、すなわち俳句《はいく》の世界《せかい》は、ふだんとは少《すこ》しだけちがう言葉《ことば》の世界《せかい》です。

五七五《ごしちご》に季語《きご》を入《い》れた表現《ひょうげん》、それを俳句《はいく》と呼《よ》びます。右《みぎ》の会話《かいわ》の二番目《にばんめ》は「春《はる》の風《かぜ》」という季語《きご》が入《はい》っていますから、会話《かいわ》がおのずと俳句《はいく》になったのですね。

俳句《はいく》では季語《きご》によって気分《きぶん》や感《かん》じが変《か》わります。「そうですね春《はる》の風《かぜ》ですルンルルン」の場合《ばあい》、たとえば「秋《あき》の風《かぜ》」「冬《ふゆ》の風《かぜ》」という季語《きご》になったら、さて、どうでしょうか。

そうですね冬《ふゆ》の風《かぜ》ですルンルルン

これでは「冬《ふゆ》の風《かぜ》」と「ルンルルン」が合《あ》っていない感《かん》じです。では、「冬《ふゆ》の風《かぜ》」にはどんな言葉《ことば》が合《あ》うのでしょうか。「ドンドドン」、または……？

季語《きご》は、季節《きせつ》を示《しめ》す言葉《ことば》です。その季語《きご》に注目《ちゅうもく》すると、季節《きせつ》とともに生《い》きている生《い》き物《もの》のようす、そして人々《ひとびと》の暮《く》らしがよくわかります。この本《ほん》では季語《きご》を絵《え》で示《しめ》し、季語《きご》にかかわる行事《ぎょうじ》も紹介《しょうかい》しています。さあ、みなさん、季語《きご》を通《とお》してふだんとはちょっとちがう言葉《ことば》の世界《せかい》を探検《たんけん》してください。

坪内稔典《つぼうちねんてん》

季節のことばを見つけよう 春 夏

もくじ

春《はる》

芽《め》が出《で》て、ふくらんで…… 4
みんな動《うご》き出《だ》す 6
春《はる》の風《かぜ》・春《はる》の雨《あめ》 8
旬《しゅん》ですよ！ 12
海《うみ》のもの・山《やま》のもの 14
行事《ぎょうじ》も大切《たいせつ》な季節《きせつ》の言葉《ことば》 18
「花《はな》」といえば桜《さくら》のこと 20
春《はる》のあれこれ 21
俳句鑑賞《はいくかんしょう》 春《はる》 10、16、22

夏《なつ》

風薫《かぜかお》る、夏《なつ》の始《はじ》まり 24
梅雨《つゆ》を楽《たの》しもう 26
星《ほし》に願《ねが》いを 28
夏休《なつやす》みがやって来《き》た！ 29
涼《りょう》・旬《しゅん》 32
夏《なつ》の短夜《みじかよ》ワンダーランド 34
夏《なつ》の花《はな》 38
俳句鑑賞《はいくかんしょう》 夏《なつ》 40
春夏《はるなつ》のこよみ 30、36、42
季語索引《きごさくいん》 44

●本書で使用している表記は、現代かなづかいに統一しています。また、漢字の表記は、原則として新字体を使用しています。現在あまり見られない漢字は、かなに直して載せています。

この本《ほん》の使《つか》い方《かた》

この本《ほん》は俳句《はいく》の「季語集《きごしゅう》」です。季節《きせつ》ごとに、どんな季語《きご》があるのかを、発見《はっけん》することができます。豊富《ほうふ》な絵《え》を参考《さんこう》にして、言葉《ことば》の情景《じょうけい》をより感《かん》じ取《と》ってください。言葉《ことば》を探《さが》すときは、巻末《かんまつ》の「季語索引《きごさくいん》」で引《ひ》きましょう。

季語《きご》だけでなく、その季節《きせつ》に関係《かんけい》する言葉《ことば》ものっています。表現力《ひょうげんりょく》を広《ひろ》げる「言葉辞典《ことばじてん》」としても大《おお》いに役《やく》立《だ》ててください。

太《ふと》い字《じ》は季語《きご》です。

上《うえ》の季語《きご》の別名《べつめい》や関連語《かんれんご》で、これらも季語《きご》になります。

陽炎《かげろう》

［陽炎燃《かげろうも》ゆる　糸遊《いとゆう》］

地面《じめん》から立《た》ち上《のぼ》る水蒸気《すいじょうき》によって、遠《とお》くがゆらゆらゆれて見《み》える現象《げんしょう》です。

細《ほそ》い字《じ》は、その季節《きせつ》に関係《かんけい》しますが、季語《きご》ではありません。ほかの季節《きせつ》の季語《きご》になっている場合《ばあい》もあります。

ひきがえる

啓蟄《けいちつ》のころになると、のっそり歩《ある》く姿《すがた》が都会《とかい》でも見《み》られます。

春《はる》

立春《りっしゅん》から立夏《りっか》のころまで
＊2月《がつ》4日《か》～5月《がつ》4日《か》ごろ

春《はる》になると草木《くさき》が芽吹《めぶ》き、花《はな》が咲《さ》き、光《ひかり》はぬくもりを増《ま》します。まるで冬《ふゆ》の間《あいだ》にねむっていた大地《だいち》が、エネルギーをいっせいに吹《ふ》き出《だ》したようです。さあ、さまざまな春《はる》の言葉《ことば》を探《さが》しに行《い》きましょう。

山笑《やまわら》う
山々《やまやま》の木々《きぎ》がいっせいに芽吹《めぶ》き、色《いろ》づいていく姿《すがた》を、山《やま》そのものがほほ笑《え》んでいるとたとえた言葉《ことば》です。

春《はる》の空《そら》
晴《は》れの日《ひ》も、うっすらとかすみがちな日《ひ》も、春《はる》の空《そら》はおだやかで明《あか》るく感《かん》じられます。

春《はる》の雲《くも》
ふんわり浮《う》かぶ白《しろ》い雲《くも》や、うすく広《ひろ》がる雲《くも》が見《み》られます。

春光《しゅんこう》［春《はる》の色《いろ》　春《はる》のにおい］
陽《ひ》が当《あ》たってかがやかしい、春《はる》の景色《けしき》や、ようすのこと。

春田《はるた》［春《はる》の田《た》］
まだ苗《なえ》を植《う》える前《まえ》、肥《ひ》料《りょう》としてまかれたげんげが一面《いちめん》に咲《さ》く「**げんげ田《た》**」が見《み》られます。また、耕《たがや》されて土《つち》が見《み》えている田《た》んぼもあります。

春服《しゅんぷく》［春《はる》の服《ふく》］
軽《かる》やかで春《はる》らしいいろどりの服《ふく》。

つばめ［つばめ来《く》る］
つばめは春《はる》にやって来《く》る渡《わた》り鳥《どり》です。

桜《さくら》

春《はる》の川《かわ》

菜《な》の花《はな》

水温《みずぬる》む
寒《さむ》さもやわらぎ、川《かわ》や池《いけ》などの水《みず》が温《あたた》まってきたことを表《あらわ》した言葉《ことば》です。

鳥帰《とりかえ》る
日本《にほん》で冬《ふゆ》を越《こ》した渡《わた》り鳥《どり》は、春《はる》になると北《きた》のほうへ帰《かえ》って行《い》きます。
日永《ひなが》［永日《えいじつ》　永《なが》き日《ひ》］
冬《ふゆ》の反動《はんどう》で、春《はる》の日《にっ》中《ちゅう》がいっそう長《なが》く感《かん》じられることです。
田打《たう》ち［田《た》を返《かえ》す］
昔《むかし》はすきで田《た》を打《う》ち返《かえ》して、田植《たう》えの準備《じゅんび》をしました。今《いま》はほとんど機械《きかい》です。
うららか［うらら］
陽《ひ》が注《そそ》がれ、明《あか》るく美《うつく》しいようす。名詞《めいし》にうららをつけて「春《はる》うらら」などとも用《もち》います。
のどか
おだやかでのんびりとした春《はる》の一日《いちにち》。
風光《かぜひか》る
春《はる》の明《あか》るい景色《けしき》のなかを、やわらかな風《かぜ》が吹《ふ》いていきます。それを、まるで風《かぜ》が光《ひか》っているようだとたとえた言葉《ことば》です。
木《こ》の芽《め》
遠足《えんそく》
若草《わかくさ》
生《は》えたばかりのみずみずしい草《くさ》。
水草生《みずくさお》う
水が温《あたた》まってくると、浮《う》き草《くさ》やも・なども、しげり始《はじ》めます。
ちょう
土筆《つくし》［つくしんぼ］
たんぽぽ
かたくりの花《はな》
かたくりは、種《たね》から花《はな》が咲《さ》くまでに7～8年《ねん》もかかります。
げんげ［れんげ草《そう》］

芽《め》が出《で》て、ふくらんで…

つぼみが開《ひら》くことを「笑《わら》う」とも言《い》います。春《はる》の植物《しょくぶつ》は、笑顔《えがお》にあふれています。

すみれ
もんきちょう
[黄《き》ちょう]
みつばち
[はち]
犬《いぬ》ふぐり
からすのえんどう

野遊《のあそ》び

春《はる》の日差《ひざ》しを浴《あ》びながら、野山《のやま》で楽《たの》しく過《す》ごすこと。かつて、「家《いえ》にこもって仕事《しごと》をしていると不吉《ふきつ》」と言《い》われる日《ひ》があり、人々《ひとびと》はこぞって野山《のやま》に出《で》かけ一日中《いちにちじゅう》遊《あそ》びました。そんな風習《ふうしゅう》の名残《なごり》でもあります。

踏青《とうせい》 [青《あお》き踏《ふ》む]

青草《あおくさ》を踏《ふ》みながら遊《あそ》ぶようす。「野遊《のあそ》び」と同《おな》じ意味《いみ》ですが、春《はる》の草《くさ》のみずみずしさがより感《かん》じられる言葉《ことば》です。

母子草《ははこぐさ》

若《わか》い芽《め》は春《はる》の七草《ななくさ》のひとつ。「ごぎょう」と呼《よ》ばれ、新年《しんねん》の季語《きご》です。

ぺんぺん草《ぐさ》

[なずなの花《はな》　三味線草《しゃみせんぐさ》]

「なずな」だけだと新年《しんねん》の季《き》語《ご》。春《はる》の七草《ななくさ》のひとつです。

寒《さむ》くても、もう春《はる》

立春《りっしゅん》を過《す》ぎたころの季語《きご》です。まだ寒《さむ》いけれど、新《あたら》しい春《はる》の誕生《たんじょう》を喜《よろこ》ぶ気持《きも》ちが込《こ》められています。

早春《そうしゅん》

冬《ふゆ》のように思《おも》えても、春《はる》のきざしが感《かん》じられるころ。草木《くさき》には芽《め》がつき、雲《くも》には光《ひかり》が含《ふく》まれています。

雪解《ゆきど》け

冬《ふゆ》の間積《あいだつ》もった雪《ゆき》が、ようやくとけ始《はじ》めること。雪国《ゆきぐに》の春《はる》を感《かん》じます。

雪《ゆき》しろ

川《かわ》に流《なが》れ出《だ》した山《やま》の雪解《ゆきど》け水《みず》。

淡雪《あわゆき》

ふわりと大《おお》きい。春《はる》の雪《ゆき》はとけやすく、落《お》ちるとすぐに消《き》えていきます。

木《き》の根《ね》開《あ》く

立木《たちき》の根元《ねもと》の雪《ゆき》がいち速《はや》くとけて、ぽっかり開《あ》いたようす。

春《はる》の土《つち》

土《つち》とのふれ合《あ》い、土《つち》のにおい、土《つち》のぬくもり…。どれもみんな「春《はる》の土《つち》」です。

しろつめ草《くさ》［クローバー］

花《はな》かんむりを作《つく》ったり、四《よ》つ葉《ば》を探《さが》したりして遊《あそ》ぶ、親《した》しみ深《ぶか》い草花《くさばな》。

もんしろちょう

桜草《さくらそう》［プリムラ］

種物《たねもの》［物種《ものだね》］

春《はる》にまく穀類《こくるい》・野菜《やさい》・草《くさ》花《ばな》などの種《たね》。種《たね》を植《う》えると、芽《め》が出《で》るのが楽《たの》しみで、待《ま》ち遠《どお》しくなります。

通学路《つうがくろ》や学校《がっこう》の花《か》だんも花《はな》ざかり

じんちょうげ

春先《はるさき》のあまくてさわやかな香《かお》りの正体《しょうたい》は、この花《はな》。

こぶし

つぼみの形《かたち》が、赤《あか》ちゃんのこぶしに似《に》ています。

やまぶき［おもかげ草《ぐさ》］

藤《ふじ》［藤《ふじ》の花《はな》］

ライラック［リラの花《はな》］

チューリップ

パンジー［三色《さんしき》すみれ］

クロッカス

春寒《はるさむ》［春寒《はるさむ》し　春寒《しゅんかん》］

春《はる》になっても、まだ残《のこ》る寒《さむ》さのこと。春《はる》風《かぜ》が肌《はだ》に少《すこ》し寒《さむ》く感《かん》じられるようすです。

麦踏《むぎふ》み

麦《むぎ》は芽《め》のうちに踏《ふ》むと、株《かぶ》が増《ふ》えて根張《ねは》りもよくなります。ていねいに根《ね》を踏《ふ》み固《かた》めていく麦踏《むぎふ》みは、まだ寒《さむ》い早春《そうしゅん》の作業《さぎょう》です。

薄氷《うすらい》［薄氷《うすごおり》　春《はる》の氷《こおり》］

春先《はるさき》に、うすくはった氷《こおり》のこと。

冴返《さえかえ》る［寒《かん》もどり］

春《はる》になっていちど暖《あたた》かくなったものの、また寒《さむ》さがもどってくること。

春《はる》を告《つ》げる花《はな》

ふきのとう

春《はる》の食材《しょくざい》のひとつ。

椿《つばき》

散《ち》るときに花一《はないち》輪《りん》ごと落《お》ちます。

梅《うめ》

春《はる》のいろいろな花《はな》に先《さき》がけて、花《はな》を咲《さ》かせます。「梅《うめ》が香《か》」は、その香《かお》りの高《たか》さを表《あらわ》す季語《きご》。

みんな動《うご》き出《だ》す

動物《どうぶつ》おもしろ季語《きご》

春《はる》の河馬《かば》
かばのゆったりした動作《どうさ》や、桜《さくら》色《いろ》の口《くち》を大《おお》きくあけたあくびなどが、春《はる》ののどかさと調和《ちょうわ》した季《き》語《ご》です。

亀《かめ》鳴《な》く
昔《むかし》の人《ひと》が、春《はる》の夕《ゆう》べに聞《き》こえた音《おと》を「かめが鳴《な》いているのだな」と詠《よ》んだ和《わ》歌《か》が始《はじ》まりです。実際《じっさい》には、鳴《な》きませんよ。

春《はる》だよ、出《で》ておいで！
いつまでも寝《ね》ていたらもったいない！　仲間《なかま》も待《ま》っているし、ご飯《はん》もたくさんありますよ。

へび穴《あな》を出《い》づ

やまね

しまりす

啓蟄《けいちつ》
早春《そうしゅん》が過《す》ぎ、土《つち》も温《あたた》かくなってきたころ、土中《どちゅう》で冬眠《とうみん》していた虫《むし》などがそれぞれの穴《あな》から出《で》てくることを言《い》います。

熊穴《くまあな》を出《い》づ
くまの母《はは》親《おや》は、冬《ふゆ》ごもりの間《あいだ》に子《こ》を産《う》みます。

かえるの目借《めかり》時《どき》
春《はる》も終《お》わりのころの、ねむくてねむくてたまらない時《じ》期《き》。それは、かえるがあなたの目《め》を借《か》りに来《き》たせい…？

蛙《かわず》［かえる］
冬眠《とうみん》から目覚《めざ》めると、お嫁《よめ》さん探《さが》しの「**蛙合戦**《かわずがっせん》」が始《はじ》まります。

ミニ図鑑《ずかん》　かえるいろいろ

とのさまがえる
春《はる》の季《き》語《ご》になっているかえるです。「殿様蛙《とのさまがえる》」と書《か》きます。

だるまがえる
足《あし》が短《みじか》く体《からだ》はぷっくり。とのさまがえると、よくまちがえられます。

ひきがえる
啓《けい》蟄《ちつ》のころになると、のっそり歩《ある》く姿《すがた》が都《と》会《かい》でも見《み》られます。

あかがえる
早春《そうしゅん》に卵《たまご》を産《う》んで、その後《ご》もういちどねむります。春《はる》の季《き》語《ご》。

※ 同《おな》じかえるでも、春《はる》の季《き》語《ご》だったり、夏《なつ》の季《き》語《ご》（28ページ）だったりしますよ。

すずめ隠《がく》れ

小《ちい》さかった草《くさ》の芽《め》が、すずめの姿《すがた》もかくすくらいにのびたようす。

獺《かわうそう》魚《お》を祭《まつ》る［獺《おそ》の祭《まつり》　獺祭《だっさい》］

かわうそはとった魚《さかな》を岸《きし》に並《なら》べて、なかなか食《た》べません。そのようすが、先祖《せんぞ》へお供《そな》え物《もの》をして祭《まつ》っているように見《み》えることからうまれた季語《きご》です。正岡子規《まさおかしき》は同《おな》じように書物《しょもつ》を散《ち》らばすので、「獺祭書屋《だっさいしょおく》主人《しゅじん》」とも名乗《なの》っていました。

この春《はる》生《う》まれました！赤《あか》ちゃんのごしょうかい

すずめの子《こ》

馬《うま》の子《こ》［子馬《こうま》］

馬《うま》の子《こ》は、生《う》まれて間《ま》もなく立《た》ち上《あ》がります。

猫《ねこ》の子《こ》［子猫《こねこ》］

春《はる》がいちばん生《う》まれる時期《じき》なので、春《はる》の季語《きご》になっています。

おたまじゃくし

うりぼう

野生《やせい》のいのししは、たいてい春《はる》に生《う》まれます。体《からだ》に瓜《うり》のようなしまもようがあるので、「瓜坊《うりぼう》」と呼《よ》ばれます。

猫《ねこ》の恋《こい》

おもに春先《はるさき》に、ねこはさかんに恋《こい》をします。周《まわ》りも気《き》にせず「わおわお」さわいで、浮《う》かれ歩《ある》きます。

春《はる》に生《う》まれた動物《どうぶつ》の子《こ》どもたちに、暖《あたた》かな春《はる》の日差《ひざ》しが注《そそ》いでいます。

ミニ図鑑《ずかん》　春《はる》の季《き》語《ご》の野《や》鳥《ちょう》

うぐいす

早春《そうしゅん》にさえずり始《はじ》めるので「春告鳥《はるつげどり》」と呼《よ》ばれます。**「さえずり」**も春《はる》の季《き》語《ご》ですよ。

ひばり

声高《こえたか》らかに鳴《な》いて、草間《くさま》からまっすぐにまい上《あ》がります。

うそ

口笛《くちぶえ》を吹《ふ》くような、かわいらしい鳴《な》き声《ごえ》をしています。

きじ

春《はる》にオスが「ケーンケーン」と鳴《な》きます。

俳句《はいく》鑑賞《かんしょう》 春《はる》

ねんてん先生《せんせい》の一句《いっく》

たんぽぽのぽぽのあたりが火事《かじ》ですよ

季語《きご》 たんぽぽ

「ぽぽのあたり」ってどこだろう？ 火事《かじ》になったらどうなるのだろう？ たんぽぽを想像《そうぞう》しながら考《かんが》えてみてくださいね。さて、このページでは、これまでのページに出《で》てきた季語《きご》を用《もち》いた俳句《はいく》をしょうかいしていきます。

菜《な》の花《はな》や月《つき》は東《ひがし》に日《ひ》は西《にし》に

季語《きご》 菜《な》の花《はな》

作者《さくしゃ》 与謝蕪村《よさぶそん》

永《なが》き日《ひ》や欠伸《あくび》うつして別《わか》れ行《ゆ》く

季語《きご》 永《なが》き日《ひ》

作者《さくしゃ》 夏目漱石《なつめそうせき》

遠足《えんそく》のおくれ走《はし》りてつながりし

季語《きご》 遠足《えんそく》

作者《さくしゃ》 高浜虚子《たかはまきょし》

雪《ゆき》とけて村《むら》一《いっ》ぱいの子《こ》どもかな

季語《きご》 雪解《ゆきど》け

作者《さくしゃ》 小林一茶《こばやしいっさ》

解説《かいせつ》

［菜《な》の花《はな》や月《つき》は東《ひがし》に日《ひ》は西《にし》に］

「菜《な》の花《はな》や」は菜《な》の花《はな》が一面《いちめん》に咲《さ》いているということ。目《め》をあげると、東《ひがし》の空《そら》には月《つき》が昇《のぼ》り始《はじ》め、西《にし》の空《そら》には日《ひ》（太陽《たいよう》）がしずもうとしています。月《つき》や日《ひ》はどんな色《いろ》をしていますか。

［永《なが》き日《ひ》や欠伸《あくび》うつして別《わか》れ行《ゆ》く］

「あくびが移《うつ》ると三日間《みっかかん》の親《しん》せきだ」と、ことわざでは言《い》います。おたがいにあくびをしてから別《わか》れる、これってとても仲《なか》がいいのですね、きっと。

［遠足《えんそく》のおくれ走《はし》りてつながりし］

遠足《えんそく》の列《れつ》が乱《みだ》れました。道草《みちくさ》をくう子《こ》がいたのでしょうか。でも、おくれていた子《こ》たちがいっせいに走《はし》って、また列《れつ》がつながりました。楽《たの》しそうな遠足《えんそく》のようすが目《め》に浮《う》かびますね。

［雪《ゆき》とけて村《むら》一《いっ》ぱいの子《こ》どもかな］

雪《ゆき》がとけると季節《きせつ》は春《はる》。それまで家《いえ》に閉《と》じこめられていた雪国《ゆきぐに》の村《むら》の子《こ》どもたちが、いっせいに外《そと》へ出《で》て来《き》ました。あっちにもこっちにも子《こ》どもがいます。みんな何《なに》をしているのでしょう。

菫程《すみれほど》な小《ちい》さき人《ひと》に生《うま》れたし

季語《きご》 すみれ

作者《さくしゃ》 夏目漱石《なつめそうせき》

もの の種《たね》にぎればいのちひしめける

季語《きご》 ものの種《たね》（種物《たねもの》）

作者《さくしゃ》 日野草城《ひのそうじょう》

赤《あか》い椿《つばき》白《しろ》い椿《つばき》と落《お》ちにけり

季語《きご》 椿《つばき》

作者《さくしゃ》 河東碧梧桐《かわひがしへきごとう》

古池《ふるいけ》や蛙《かわず》飛《と》びこむ水《みず》の音《おと》

季語《きご》 蛙《かわず》

作者《さくしゃ》 松尾芭蕉《まつおばしょう》

パンジーがうえきばちからとびでそう

季語《きご》 パンジー

作者《さくしゃ》 宮本穂乃香（小4）

［菫程《すみれほど》な小《ちい》さき人《ひと》に生《うま》れたし］

生《う》まれ変《か》わるなら、すみれくらいの小《ちい》さな人《ひと》がいいなあ、という句《く》です。すみれくらいの小《ちい》さな人《ひと》って、どのような人《ひと》でしょうか。あなたなら、何《なに》に生《う》まれ変《か》わりたいですか。

［ものの種《たね》にぎればいのちひしめける］

花《はな》とか野菜《やさい》などの種《たね》をにぎったことがありますか。もし家《いえ》や学校《がっこう》に種《たね》があったら、いちどにぎってみるといいね。種《たね》がないときは米《こめ》でもいいよ。ぎゅっとにぎってごらん。

［赤《あか》い椿《つばき》白《しろ》い椿《つばき》と落《お》ちにけり］

赤《あか》い椿《つばき》が落《お》ち、続《つづ》いて白《しろ》い椿《つばき》が落《お》ちました。椿《つばき》は花《はな》びらが散《ち》るのではなく、花《はな》そのものが落《お》ちます。木《き》の下《した》には落《お》ちた花《はな》が転《ころ》がっています。

［古池《ふるいけ》や蛙《かわず》飛《と》びこむ水《みず》の音《おと》］

静《しず》かな池《いけ》にドボンとかえるが飛《と》びこみ、その後《あと》またシーンとなったのです。でも、別《べつ》の読《よ》み方《かた》もできます。古池《ふるいけ》はもう使《つか》われなくなった池《いけ》ですが、その池《いけ》に春《はる》になってかえるがもどってきたのですね。池《いけ》が生《い》き生《い》きとしてきました。

［パンジーがうえきばちからとびでそう］

「とびでそう」はパンジーのどんなようすでしょうか。想像《そうぞう》してください。いっぱい咲《さ》いて、春風《はるかぜ》に花《はな》びらがそよいでいるのでしょうね。

春《はる》の風《かぜ》

風《かぜ》や雨《あめ》の名前《なまえ》を知《し》っていますか？　名前《なまえ》を知《し》ると、それらが天《てん》からやって来《く》る季節《きせつ》の便《たよ》りに思《おも》えます。今日《きょう》の風《かぜ》は、雨《あめ》は、何《なに》を伝《つた》えているのでしょう。

春一番《はるいちばん》［春一《はるいち》］
春《はる》になって初《はじ》めて吹《ふ》く強《つよ》い南《みなみ》風《かぜ》。春一番《はるいちばん》で木々《きぎ》が芽吹《めぶ》き、春二番《はるにばん》で花《はな》が咲《さ》くと言《い》われます。

春風《はるかぜ》［春風《しゅんぷう》　春《はる》の風《かぜ》］
おだやかでやわらかく、暖《あたた》かい風《かぜ》。東《ひがし》や南《みなみ》から吹《ふ》きます。

貝寄風《かいよせ》
貝《かい》がらを海岸《かいがん》に吹《ふ》き寄《よ》せる西風《にしかぜ》のこと。聖徳太子《しょうとくたいし》の命《めい》日《にち》に、吹《ふ》き寄《よ》せられた貝《かい》を拾《ひろ》って飾《かざ》りに用《もち》いたことが名前《なまえ》の由来《ゆらい》です。

鹿《しか》の角《つの》落《お》とし
晴《は》れた日《ひ》に吹《ふ》く南西《なんせい》の風《かぜ》。しかの角《つの》は4月《がつ》ごろに自然《しぜん》に落《お》ちますが、その角《つの》を吹《ふ》き落《お》とすほどの強風《きょうふう》。落《お》ちた角《つの》は**「落《お》とし角《づの》」「忘《わす》れ角《づの》」**などと呼《よ》ばれ、春《はる》の季《き》語《ご》です。

東風《こち》
春《はる》に吹《ふ》く東《ひがし》寄《よ》りの風《かぜ》。季節感《きせつかん》のある言葉《ことば》や、その地方《ちほう》の方言《ほうげん》をそえた呼《よ》び名《な》が、全国《ぜんこく》に数多《かずおお》くあります。

梅東風《うめごち》
早春《そうしゅん》に吹《ふ》いて、梅《うめ》の花《はな》を開《ひら》かせる東風《こち》。

ひばり東風《ごち》
ひばりが鳴《な》くころに吹《ふ》く東風《こち》。「へばりごち」と言《い》う地方《ちほう》も。

夕東風《ゆうごち》
夕方《ゆうがた》に吹《ふ》く東風《こち》。

油《あぶら》まじ
「まじ」は南風《みなみかぜ》のこと。春《はる》の盛《さか》りが過《す》ぎたころの、そっと油《あぶら》を流《なが》したような、おだやかで弱《よわ》い風《かぜ》。

春疾風《はるはやて》［春嵐《はるあらし》　春荒《はるあ》れ］
暖《あたた》かい南《みなみ》寄《よ》りの強風《きょうふう》。山《やま》や海《うみ》では災《さい》害《がい》も心配《しんぱい》されます。砂《すな》ぼこりをまい上《あ》げ、大暴《おおあば》れして去《さ》っていきます。

回《まわ》ったり　ゆれたり　飛《と》んでいったり

春《はる》の季《き》語《ご》の遊《あそ》び道具《どうぐ》は、風《かぜ》を感《かん》じるものばかり。ふうわりおだやかな春《はる》風《かぜ》といっしょに、遊《あそ》びませんか？

風車《かざぐるま》

ぶらんこ
［ふらここ　ふらんど］

しゃぼん玉《だま》

風船《ふうせん》

春《はる》の雨《あめ》

春雨《はるさめ》［春《はる》の雨《あめ》］
「春雨《はるさめ》」は春《はる》の後半《こうはん》に降《ふ》り続《つづ》くしっとりした雨《あめ》のこと。「春《はる》の雨《あめ》」は早春《そうしゅん》から晩《ばん》春《しゅん》までのさまざまな雨《あめ》に用《もち》います。

春《はる》の虹《にじ》
春雨《はるさめ》に光《ひかり》が当《あ》たって現《あらわ》れることも。

春時雨《はるしぐれ》
「時雨《しぐれ》」は降《ふ》ったり止《や》んだりする冬《ふゆ》の雨《あめ》のこと。一方《いっぽう》、春時雨《はるしぐれ》という言葉《ことば》には、だんだん暖《あたた》かくなる明《あか》るさが感《かん》じられます。

春霖《しゅんりん》［春《はる》の長雨《ながあめ》］
夏《なつ》も近《ちか》づくと、春《はる》の雨《あめ》も梅雨《つゆ》に似《に》てきます。そんな長雨《ながあめ》を表《あらわ》す季語《きご》です。

菜種梅雨《なたねづゆ》
菜《な》の花《はな》の開花《かいか》を手伝《てつだ》うように降《ふ》り続《つづ》く雨《あめ》。

花《はな》の雨《あめ》［花時《はなどき》の雨《あめ》］
桜《さくら》の花《はな》に降《ふ》り注《そそ》ぐ雨《あめ》。雨《あめ》が降《ふ》ると桜《さくら》はすぐに散《ち》ってしまいます。

春雷《しゅんらい》［初雷《はつらい》　虫出《むしだ》し］
春《はる》の雷《かみなり》は大《おお》きくはありませんが、春《はる》になって最初《さいしょ》に鳴《な》る「初雷《はつらい》」は、土中《どちゅう》の虫《むし》を起《お》こすと言《い》われています。

こぬか雨《あめ》
［ひそか雨《あめ》　音《おと》なき雨《あめ》］
細《こま》かい雨《あめ》がゆっくりと落《お》ちてきます。かさもいらないほどです。

かすみ
春《はる》はかすみ、秋《あき》は霧《きり》と呼《よ》ばれます。気象上《きしょうじょう》はどちらも同《おな》じ現象《げんしょう》です。

春《はる》の夜《よ》

春《はる》の月《つき》［春月《しゅんげつ》　春寒月《はるさむづき》］
早春《そうしゅん》の寒々《さむざむ》とした月《つき》もあれば、だいだい色《いろ》を含《ふく》み、ほのぼのとかがやく月《つき》もあります。

春《はる》の不思議《ふしぎ》な現象《げんしょう》

春《はる》の景色《けしき》はかすみがち。夢《ゆめ》か現《うつつ》か、まぼろしか…。

陽炎《かげろう》［陽炎燃《かげろうも》ゆる　糸遊《いとゆう》］
地面《じめん》から立《た》ち上《のぼ》る水蒸《すいじょう》気《き》によって、遠《とお》くがゆらゆらゆれて見《み》える現象《げんしょう》です。

蜃気楼《しんきろう》［海市《かいし》　山市《さんし》　貝楼《かいろう》
空中楼閣《くうちゅうろうかく》］
昔《むかし》の人《ひと》は蜃気楼《しんきろう》のことを、蜃《しん》という大《おお》きなはまぐりが息《いき》をはき出《だ》して作《つく》ると考《かんが》えていました。実際《じっさい》には、気温差《きおんさ》による光《ひかり》の屈折《くっせつ》が原因《げんいん》の現象《げんしょう》です。

おぼろ月《づき》［おぼろ月夜《づきよ》］
春《はる》は月《つき》をおおう雲《くも》が出《で》やすいため、ぼんやりと光《ひか》って見《み》えます。**「おぼろ」**だけでも季語《きご》です。

海《うみ》のもの

魚《さかな》

鰊《にしん》［春告魚《にしん》］
春《はる》、産卵《さんらん》のために東《ひがし》から北《ほっ》海道《かいどう》や東北地方《とうほくちほう》にやって来《き》ます。

鰆《さわら》
まぐろの仲間《なかま》で、体長《たいちょう》1メートルに達《たっ》します。

桜鯛《さくらだい》
俳句《はいく》では、春《はる》の真鯛《まだい》を指《さ》します。産卵《さんらん》の時期《じき》、体《からだ》が桜色《さくらいろ》に変《か》わります。

ほたるいか
体《からだ》の各部《かくぶ》に発光器《はっこうき》があり、青白《あおじろ》い光《ひかり》を発《はっ》します。富山湾《とやまわん》が有名《ゆうめい》。

白魚《しらうお》
春先《はるさき》に河口《かこう》をさかのぼって産卵《さんらん》します。隅田川《すみだがわ》が有名《ゆうめい》でした。

魚島時《うおじまどき》
群《む》れた魚《さかな》で海面《かいめん》が盛《も》り上《あ》がって島《しま》のように見《み》えること。瀬戸内《せとない》海地方《かいちほう》の言葉《ことば》。

貝《かい》

さざえ

あさり

しじみ

はまぐり

春《はる》の季語《きご》の貝《かい》がら

桜貝《さくらがい》
桜色《さくらいろ》をした美《うつく》しい貝《かい》。

宝貝《たからがい》
安産《あんざん》のお守《まも》りにされることから、**「子安貝《こやすがい》」**とも言《い》われます。

春《はる》の料理《りょうり》を並《なら》べましょう

あさり汁《じる》

田楽《でんがく》
春《はる》の季語《きご》でもある**「木《き》の芽《め》みそ」**を豆腐《とうふ》にぬって、香《こう》ばしく焼《や》いて食《た》べます。

いかなごの釘煮《くぎに》
いかなごの稚魚《ちぎょ》をあまからく煮《に》たもの。姿《すがた》は折《お》れ曲《ま》がった釘《くぎ》に似《に》ています。

鯛飯《たいめし》
素焼《すや》きにした鯛《たい》を米《こめ》といっしょにたいたり、鯛《たい》のそぼろを味付《あじつ》けしてご飯《はん》にかけたりします。

春《はる》の海《うみ》
春《はる》の光《ひかり》をうけてきらきらかがやいています。のどかでおだやかな海《うみ》です。

春《はる》の波《なみ》
のんびりと、ゆっくりと、遠《とお》くから打《う》ち寄《よ》せてきます。

磯遊《いそあそ》び
古《ふる》くから、彼岸《ひがん》の大潮《おおしお》や3月《がつ》3日《か》に、人々《ひとびと》が海岸《かいがん》へ出《で》て遊《あそ》ぶ風習《ふうしゅう》がありました。「野《の》遊《あそ》び」（6ページ）と同《おな》じ理由《りゆう》です。

潮干狩《しおひが》り
いそ遊《あそ》びで最《もっと》も多《おお》いのが潮干狩《しおひが》り。とった貝《かい》は、その日《ひ》の食卓《しょくたく》に並《なら》べましょう。

磯巾着《いそぎんちゃく》［いしぼたん］

やどかり

山《やま》のもの

旬《しゅん》ですよ！

今《いま》が盛《さか》りのおいしいものたちです。

野菜《やさい》

ほうれんそう

早春《そうしゅん》の代表的《だいひょうてき》な野菜《やさい》。ビタミン、鉄分《てつぶん》が豊富《ほうふ》。

春《はる》キャベツ

ほかの季節《きせつ》のキャベツよりずっとやわらかい。生《なま》で食《た》べるのに向《む》いています。

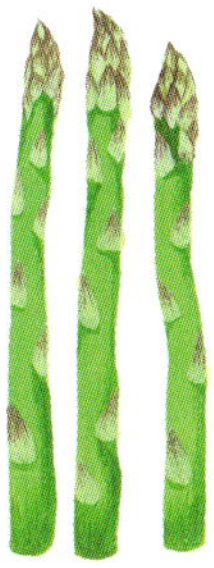

アスパラガス

レタス

山菜《さんさい》

わらび

[わらび手《て》]

丸《まる》くうず巻《ま》いた若葉《わかば》は、子《こ》どもの手《て》に似《に》ています。

うど

香《かお》りと、はごたえのよい、日本原産《にほんげんさん》の植物《しょくぶつ》。

せり

香《かお》り高《だか》くさわやか。水気《みずけ》のあるところに生《は》えます。

ぜんまい

わらびより大《おお》きく、綿毛《わたげ》におおわれています。

たらの芽《め》

高《たか》さ5メートルほどになる、たらの木《き》の若芽《わかめ》です。

よもぎ

おもちに入《い》れるのが定番《ていばん》。

菜《な》の花《はな》パスタ

菜《な》の花《はな》は、洋風料理《ようふうりょうり》にも合《あ》いますよ。

若竹煮《わかたけに》

[若布《わかめ》と筍《たけのこ》のたいたん]

「若布《わかめ》」は春《はる》の、「筍《たけのこ》」は夏《なつ》の季語《きご》。関西《かんさい》では、たき合《あ》わせのことを「たいたん」と言《い》います。たけのこは、今《いま》では春《はる》の季節感《きせつかん》のほうが強《つよ》いですね。

ふきみそ

ふきのとうを入《い》れたみそ。ほろ苦《にが》さは春《はる》の山菜《さんさい》の味《あじ》です。

山菜《さんさい》の天《てん》ぷら

山遊《やまあそ》び

お弁当《べんとう》などを持《も》って出《で》かける春《はる》の行楽《こうらく》。

摘《つ》み草《くさ》

食《た》べられる野草《やそう》や、飾《かざ》るための草花《くさばな》をつんでいると、夢中《むちゅう》になってしまいます。

ピクニック

春《はる》は昔《むかし》から「苦《にが》いものを食《た》べよ」と言《い》われています。目覚《めざ》めの時期《じき》にちょうど合《あ》う味覚《みかく》なのでしょう。

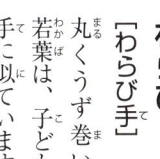

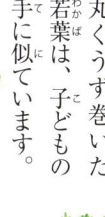

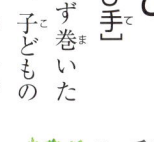

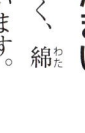

俳句《はいく》鑑賞《かんしょう》 春《はる》

ねんてん先生《せんせい》の一句《いっく》

多分《たぶん》だが磯巾着《いそぎんちゃく》は義理堅《ぎりがた》い

季語《きご》 磯巾着《いそぎんちゃく》

「義理堅《ぎりがた》い」とは約束《やくそく》などをきちんと守《まも》ること。ほんとかなあ、磯巾着《いそぎんちゃく》が義理堅《ぎりがた》いって。磯巾着《いそぎんちゃく》は日本《にほん》ではぼたん、海外《かいがい》ではアネモネの花《はな》にたとえられているんですよ。

それでは、12～15ページの季語《きご》の俳句《はいく》を鑑賞《かんしょう》しましょう。

春風《はるかぜ》や闘志《とうし》いだきて丘《おか》に立《た》つ

季語《きご》 春風《はるかぜ》

作者《さくしゃ》 高浜虚子《たかはまきょし》

春雨《はるさめ》のあがるともなき明《あか》るさに

季語《きご》 春雨《はるさめ》

作者《さくしゃ》 星野立子《ほしのたつこ》

かげろうに子《こ》どもあそばす狐《きつね》かな

季語《きご》 陽炎《かげろう》

作者《さくしゃ》 野沢凡兆《のざわぼんちょう》

外《と》にも出《で》よ触《ふ》るるばかりに春《はる》の月《つき》

季語《きご》 春《はる》の月《つき》

作者《さくしゃ》 中村汀女《なかむらていじょ》

解説《かいせつ》

［春風《はるかぜ》や闘志《とうし》いだきて丘《おか》に立《た》つ］

「闘志《とうし》」は何《なに》かとたたかおうとする強《つよ》い心《こころ》です。闘魂《とうこん》とも言《い》います。勉強《べんきょう》やスポーツに向《む》かうとき、あなたも闘志《とうし》がわき起《お》こりますか。

［春雨《はるさめ》のあがるともなき明《あか》るさに］

春雨《はるさめ》は静《しず》かに音《おと》もなく降《ふ》ります。草木《くさき》が芽吹《めぶ》いているので、雨《あめ》をとても明《あか》るく感《かん》じます。「春雨《はるさめ》じゃ、ぬれて参《まい》ろう」という、昔《むかし》の芝居《しばい》の名《めい》ぜりふもあります。

［かげろうに子《こ》どもあそばす狐《きつね》かな］

ゆらゆらと立《た》つかげろう。そのかげろうと子《こ》ぎつねが遊《あそ》んでいます。親《おや》ぎつねはそのようすをながめています。春《はる》の日《ひ》の、のどかな野《の》の風景《ふうけい》です。

［外《と》にも出《で》よ触《ふ》るるばかりに春《はる》の月《つき》］

春《はる》の月《つき》はおぼろ月《づき》。大《おお》きくふくらんだ感《かん》じです。手《て》をのばしてジャンプしたら届《とど》きそうな気《き》がします。それが「触《ふ》るるばかり」ということです。さあ、あなたも外《そと》に出《で》て月《つき》を見《み》てください。

時計屋《とけいや》の時計《とけい》春《はる》の夜《よ》どれがほんと

季語《きご》　春《はる》の夜《よ》

作者《さくしゃ》　久保田万太郎《くぼたまんたろう》

体内《たいない》に星《ほし》くずいくつほたるいか

季語《きご》　ほたるいか

作者《さくしゃ》　岡村和子《おかむらかずこ》

春《はる》の海《うみ》ひねもすのたりのたりかな

季語《きご》　春《はる》の海《うみ》

作者《さくしゃ》　与謝蕪村《よさぶそん》

ぜんまいののの字《じ》ばかりの寂光土《じゃっこうど》

季語《きご》　ぜんまい

作者《さくしゃ》　川端茅舎《かわばたぼうしゃ》

しゃぼん玉木《だまき》のそばに行《い》き木《き》としゃべる

季語《きご》　しゃぼん玉《だま》

作者《さくしゃ》　山中大樹（小2）

［時計屋《とけいや》の時計《とけい》春《はる》の夜《よ》どれがほんと］

時計屋《とけいや》の多《おお》くの時計《とけい》は、少《すこ》しずつ針《はり》がずれていますね。春《はる》のおぼろな夜《よる》など、なんとなくそれが気《き》になります。不思議《ふしぎ》なことが起《お》こりそうな気《き》がしませんか。

［体内《たいない》に星《ほし》くずいくつほたるいか］

ほたるいかは富山湾《とやまわん》などにいます。海中《かいちゅう》で青白《あおじろ》く光《ひか》ります。その光《ひかり》を体内《たいない》に星《ほし》くずがあるから、とこの句《く》の作者《さくしゃ》は見《み》ました。ほたるいかは宇宙《うちゅう》からやってきたのかなあ。

［春《はる》の海《うみ》ひねもすのたりのたりかな］

「のたりのたり」は波《なみ》のどのようなようすでしょうか。「のたりのたり」のような表現《ひょうげん》をオノマトペと言《い》い、ようすを表現《ひょうげん》する擬態語《ぎたいご》、音《おと》を表現《ひょうげん》する擬音語《ぎおんご》があります。ここではどっちでしょうか。

［ぜんまいののの字《じ》ばかりの寂光土《じゃっこうど》］

「寂光土《じゃっこうど》」はちょっとむつかしい言葉《ことば》です。寂光《じゃっこう》浄土《じょうど》のことで、仏《ほとけ》の世界《せかい》を指《さ》します。のの字《じ》の形《かたち》のぜんまいが育《そだ》っているようすを、仏《ほとけ》の世界《せかい》のようだと見《み》たのですね。

［しゃぼん玉木《だまき》のそばに行《い》き木《き》としゃべる］

しゃぼん玉《だま》を飛《と》ばしたら、木《き》のそばにゆらゆらと飛《と》んで行《い》きました。木《き》と話《はなし》をしているようです。何《なに》をしゃべっているのでしょうか。

行事《ぎょうじ》も大切《たいせつ》な季節《きせつ》の言葉《ことば》

一年《いちねん》にいちどの行事《ぎょうじ》やお祭《まつ》りは、季節《きせつ》のお楽《たの》しみ。
健康《けんこう》や平和《へいわ》を願《ねが》うものでもあります。

ひな人形《にんぎょう》　［ひな壇《だん》　ひな遊《あそ》び　ひいな］

ひなまつりに飾《かざ》る、平安貴族《へいあんきぞく》の服装《ふくそう》をした人形《にんぎょう》。「ひな」は「小《ちい》さい」という意味《いみ》です。人形《にんぎょう》の名《な》前《まえ》も春《はる》の季語《きご》になっています。

内裏《だいり》びな

男《お》びなと女《め》びなの一対《いっつい》で内裏《だいり》びなと呼《よ》びます。男《お》びなは「笏《しゃく》」を持《も》ち堂々《どうどう》と、女《め》びなは優雅《ゆうが》に「檜扇《ひおうぎ》」を持《も》ちます。

官女《かんじょ》びな

「三人官女《さんにんかんじょ》」のこと。内裏《だいり》びなのお世話《せわ》をする女官《にょかん》です。左《ひだり》から「加《くわ》えの銚子《ちょうし》」「三方《さんぼう》」「長柄銚子《ながえちょうし》」を持《も》っています。

五人《ごにん》ばやし

太鼓《たいこ》や笛《ふえ》などそれぞれに楽器《がっき》を持《も》ち、能《のう》を演奏《えんそう》しています。

矢大臣《やだいじん》

弓矢《ゆみや》を持《も》った武《ぶ》官《かん》。宮廷全体《きゅうていぜんたい》の安全《あんぜん》を守《まも》っています。

三人使丁《さんにんしちょう》

宮中《きゅうちゅう》の雑用係《ざつようがかり》。「怒《いか》り」「泣《な》き」「笑《わら》い」の表情《ひょうじょう》から三《さん》人上戸《にんじょうご》とも呼《よ》ばれます。

ひなの調度《ちょうど》

黒地《くろじ》を金《きん》でいろどった嫁入《よめい》り道《どう》具《ぐ》が並《なら》びます。

ひなの家《いえ》

ひな人形《にんぎょう》を飾《かざ》った家《いえ》のことです。ひなの香《かお》りがすると言《い》われます。

ひな流《なが》し　［流《なが》しびな　ひな送《おく》り］

紙《かみ》で作《つく》った小《ちい》さなひな人形《にんぎょう》を川《かわ》や海《うみ》に流《なが》すことです。また、古《ふる》くなったひな人形《にんぎょう》を神社《じんじゃ》で供養《くよう》し、木《き》の船《ふね》に乗《の》せて海《うみ》に流《なが》すところもあります。子《こ》どもだけでなく一家《いっか》の災厄《さいやく》を水《みず》に流《なが》しておはらいし、幸《しあわ》せを願《ねが》います。

ひな納《おさ》め

ひなの顔《かお》をやわらかい和紙《わし》で包《つつ》み、樟《しょう》脳《のう》という防虫剤《ぼうちゅうざい》を入《い》れて、しまいます。はやくしまわないと、結婚《けっこん》がおくれてしまうという言《い》い伝《つた》えがあります。

ひなまつり

女《おんな》の子《こ》の成長《せいちょう》と幸《しあわ》せを願《ねが》う行事《ぎょうじ》で、3月《がつ》3日《か》の**「桃《もも》の節句《せっく》」**に行《おこな》われます。古《ふる》くからある、人形《ひとがた》にけがれを移《うつ》して海《うみ》や川《かわ》に流《なが》す身代《みが》わり信仰《しんこう》と、ひな人形《にんぎょう》にいろいろな調度《ちょうど》をそえて飾《かざ》る「ひいな遊《あそ》び」が合《あ》わさってできました。ひなまつりに桃《もも》の花《はな》が飾《かざ》られるのは、旧暦《きゅうれき》の3月《がつ》3日《か》が現代《げんだい》の4月上旬《がつじょうじゅん》にあたり、まさに桃《もも》の花《はな》の盛《さか》りだったからです。

桃《もも》の花《はな》

白酒《しろざけ》
とろりとしてあまみがある酒《さけ》。これに桃《もも》の花《はな》を浮《う》かべたのが桃花酒《とうかしゅ》です。
ひなあられ
ちらしずし
ひしもち
はまぐりの吸《す》い物《もの》

節句《せっく》って何《なに》？

今《いま》ではなくなりましたが、江戸時代《えどじだい》には「五節句《ごせっく》」を定《さだ》めた制度《せいど》がありました。季節《きせつ》の節目《ふしめ》にあたり、農作業《のうさぎょう》では次《つぎ》の段階《だんかい》に進《すす》むので豊作《ほうさく》を神《かみ》さまに願《ねが》いました。また、邪気《じゃき》をはらうため体《からだ》を休《やす》めたりもしました。五節句《ごせっく》で3月《がつ》3日《か》は**「上巳《じょうし》」**と呼《よ》ばれ、この言葉《ことば》も季語《きご》になります。

五節句《ごせっく》の日《ひ》と言葉《ことば》

1月《がつ》7日《か》 人日《じんじつ》（七草《ななくさ》など／新年《しんねん》）
3月《がつ》3日《か》 上巳《じょうし》（ひなまつり／春《はる》）
5月《がつ》5日《か》 端午《たんご》（夏《なつ》）
7月《がつ》7日《か》 七夕《しちせき》（七夕《たなばた》／旧暦《きゅうれき》では秋《あき》）
9月《がつ》9日《か》 重陽《ちょうよう》（秋《あき》）

お水取《みずと》り　3月《がつ》13日《にち》

奈良《なら》の東大寺《とうだいじ》、二月堂《にがつどう》で行《おこな》われる**「修二会《しゅにえ》」**のクライマックス。くみ取《と》られた聖水《せいすい》をいただけば病気《びょうき》にならず、回廊《かいろう》でふり回《まわ》される大松明《おおたいまつ》の火《ひ》の粉《こ》をあびれば厄《やく》よけになると言《い》われています。修二会《しゅにえ》は3月《がつ》1日《たち》から2週間《しゅうかん》にわたって、国《くに》の平和《へいわ》をいのり願《ねが》う行事《ぎょうじ》です。

彼岸《ひがん》　春分《しゅんぶん》の日《ひ》を真《ま》ん中《なか》にした7日間《かかん》（3月《がつ》18〜24日《か》ごろ）

彼岸《ひがん》とは、さとりを得《え》た人《ひと》がたどりつく極楽《ごくらく》のこと。西《にし》にあると考《かんが》えられているので、太陽《たいよう》が真西《まにし》に沈《しず》む春分《しゅんぶん》の日《ひ》と秋分《しゅうぶん》の日《ひ》にお墓参《はかまい》りをするようになりました。

ぼたもち　もち米《ごめ》をあんでくるんだおもち。先祖《せんぞ》に供《そな》えたり近所《きんじょ》に配《くば》ったりします。

花祭《はなまつり》　4月《がつ》8日《か》

仏教《ぶっきょう》を開《ひら》いた釈迦《しゃか》（仏《ほとけ》さま）の生《う》まれた日《ひ》をいわう行事《ぎょうじ》です。お寺《てら》には花《はな》で飾《かざ》られた花御堂《はなみどう》が作《つく》られ、その中《なか》の釈迦像《しゃかぞう》に甘茶《あまちゃ》をかけます。この甘茶《あまちゃ》には無病息災《むびょうそくさい》の御利益《ごりやく》があると言《い》われています。

花御堂《はなみどう》
甘茶《あまちゃ》

茶摘《ちゃつ》み　4月下旬《がつげじゅん》から

立春《りっしゅん》（2月《がつ》4日《か》ごろ）から数《かぞ》えて88日《にち》にあたる**「八十八夜《はちじゅうはちや》」**前後《ぜんご》から始《はじ》まります。「夏《なつ》も近《ちか》づく〜」とうたわれるように、春《はる》ももう、終《お》わりの時期《じき》です。

一番茶《いちばんちゃ》
茶《ちゃ》つみが始《はじ》まって最初《さいしょ》の15日間《にちかん》につんだお茶《ちゃ》の葉《は》。味《あじ》がよいので大切《たいせつ》にされます。

「花《はな》」といえば桜《さくら》のこと

「花衣《はなごろも》」「花冷《はなび》え」「花曇《はなぐも》り」…。これらの「花《はな》」とは桜《さくら》のことです。桜《さくら》は春《はる》の主役《しゅやく》と言《い》えるでしょう。

花衣《はなごろも》
桜《さくら》の咲《さ》くころに着《き》るきれいな服《ふく》や、桜《さくら》の花《はな》が散《ち》りかかった服《ふく》のこと。かつては、花見《はなみ》に女《おんな》の人《ひと》が着《き》る、白《しろ》と赤《あか》の配色《はいしょく》の晴《は》れ着《ぎ》を意味《いみ》しました。

花疲《はなづか》れ
花見《はなみ》は人混《ひとご》みにもまれるし、上《うえ》を向《む》くから首《くび》も痛《いた》むし、けっこうつかれるなあ…という気持《きも》ち。

花冷《はなび》え
桜《さくら》の花《はな》咲《さ》く春《はる》も半《なか》ばになって、また寒《さむ》い日《ひ》がもどってくること。

花明《はなあ》かり
満開《まんかい》の桜《さくら》は、夜《よる》の闇《やみ》の中《なか》でもほのかに明《あか》るく見《み》えます。

花曇《はなぐも》り
桜《さくら》の咲《さ》くころの、うっすらとした曇《くも》り空《ぞら》。花見《はなみ》は天気《てんき》のよい日《ひ》がいいですね。

落花《らっか》［散《ち》る桜《さくら》　花吹雪《はなふぶき》　飛花《ひか》　花散《はなち》る　花屑《はなくず》］
桜《さくら》はあっけなく散《ち》ってしまいますが、そのいさぎよさが愛《あい》されてきました。散《ち》る姿《すがた》を表《あらわ》した季語《きご》もさまざまです。

花《はな》むしろ
花見《はなみ》のときに使《つか》うしき物《もの》のこと。ビニールシートと呼《よ》ぶかわりに「花《はな》むしろ持《も》った？」なんて言《い》うと風流《ふうりゅう》ですね。

花守《はなもり》
桜《さくら》の木《き》の手入《てい》れをし、春《はる》に美《うつく》しく咲《さ》かせる人《ひと》のことを呼《よ》びます。

鳥《とり》の落《お》とし花《ばな》
まれに花《はな》びらではなく、花《はな》ごと落《お》ちていることがあります。それは、みつを吸《す》うすずめのしわざです。

花見《はなみ》［お花見《はなみ》　花《はな》の宴《えん》］
桜《さくら》の花《はな》をながめながら、食《しょく》事《じ》をしたりおどったりして楽《たの》しみます。花《はな》の名所《めいしょ》には花見客《はなみきゃく》が大勢《おおぜい》おし寄《よ》せます。

花見団子《はなみだんご》

花《はな》よりあまい物《もの》！

きれいな春《はる》の和菓子《わがし》

都《みやこ》の錦《にしき》
「柳《やなぎ》」と桜《さくら》の風景《ふうけい》が表現《ひょうげん》されています。

青柳《あおやぎ》
このお菓子《かし》の名前《なまえ》は季語《きご》にもなっています。青《あお》柳《やぎ》は芽吹《めぶ》いたころの柳《やなぎ》です。

手折桜《たおりざくら》
桜《さくら》の花《はな》咲《さ》く枝《えだ》がモチーフ。

春《はる》のにおいおもち

桜《さくら》もち

草《くさ》もち

うぐいすもち

季語《きご》になったおやつ

あんパン

甘納豆《あまなっとう》

春《はる》のあれこれ

バレンタインデー　2月《がつ》14日《か》

愛《あい》の守護者《しゅごしゃ》、古代《こだい》ローマの司祭《しさい》バレンタインをまつる日《ひ》です。日本《にほん》では、女《おんな》の人《ひと》が好《す》きな男《おとこ》の人《ひと》にチョコレートをおくります。

卒業《そつぎょう》［卒業式《そつぎょうしき》］　3月上旬《がつじょうじゅん》

卒業証書《そつぎょうしょうしょ》を授与《じゅよ》され、「蛍《ほたる》の光《ひかり》」や「仰《あお》げば尊《とうと》し」を歌《うた》います。別《わか》れの悲《かな》しみと明日《あす》への希望《きぼう》を胸《むね》に、それぞれの道《みち》へと旅出《たびだ》っていきます。

ホワイトデー　3月《がつ》14日《か》

男《おとこ》の人《ひと》がバレンタインデーのお返《かえ》しをする新《あたら》しい風習《ふうしゅう》です。

席《せき》がえ

「だれととなりになるかな」春《はる》は新《あたら》しい友達《ともだち》との出会《であ》いにドキドキしますね。

入学《にゅうがく》［入学式《にゅうがくしき》　新入生《しんにゅうせい》］　4月上旬《がつじょうじゅん》

友達《ともだち》との出会《であ》いや、新《あら》たな生活《せいかつ》が待《ま》っています。

花粉飛《かふんと》ぶ

花粉《かふん》の飛散量《ひさんりょう》が毎日報道《まいにちほうどう》される季節《きせつ》です。町中《まちなか》にはマスクをする人《ひと》が目立《めだ》ちます。

身体測定《しんたいそくてい》

「何《なん》センチだった？」新年度《しんねんど》の始《はじ》まりには、身長《しんちょう》や体重《たいじゅう》、体《からだ》の状態《じょうたい》を測《はか》って成長《せいちょう》を記録《きろく》します。

エープリルフール［四月馬鹿《しがつばか》］　4月《がつ》1日《たち》

つみのないうそならついても許《ゆる》される、特別《とくべつ》な日《ひ》。

春眠《しゅんみん》［春眠《はるねむ》し］

「春眠暁《しゅんみんあかつき》を覚《おぼ》えず」と言《い》うように、春《はる》は気持《きも》ちがよくて、ついうとうととしてしまいます。また、朝《あさ》ねぼうに限《かぎ》った季語《きご》の**「朝寝《あさね》」**もあります。

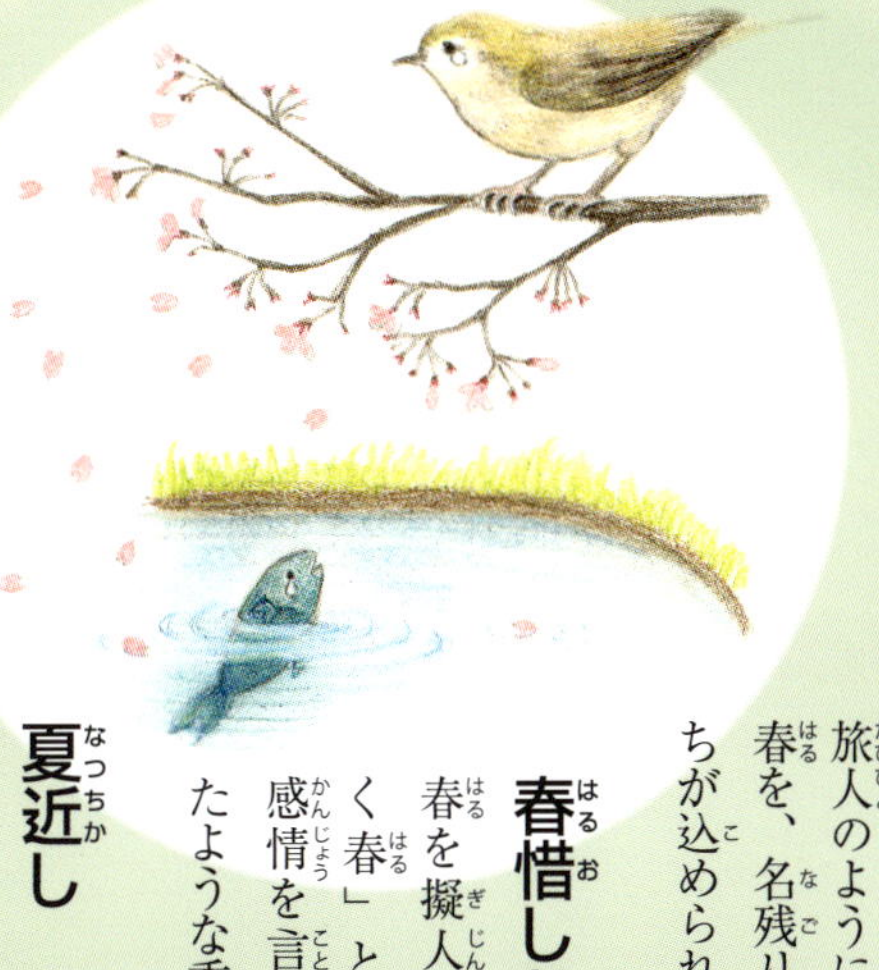

球春《きゅうしゅん》

選抜高校野球《せんばつこうこうやきゅう》、プロ野球《やきゅう》リーグ、サッカーのJ《ジェイ》リーグなどが始《はじ》まると、ますます春《はる》を感《かん》じるようになります。草野球《くさやきゅう》やキャッチボールも盛《さか》んになります。

春《はる》よ、さようなら

行《ゆ》く春《はる》

旅人《たびびと》のように去《さ》ってゆく春《はる》を、名残《なご》りおしむ気持《きも》ちが込《こ》められています。

春惜《はるお》しむ

春《はる》を擬人化《ぎじんか》した「行《ゆ》く春《はる》」とはちがい、感情《かんじょう》を言葉《ことば》にしてみたような季語《きご》です。

夏近《なつちか》し

春《はる》をおしむ気持《きも》ちはうすれ、近《ちか》づく夏《なつ》の予感《よかん》に心《こころ》をおどらせています。

ねんてん先生《せんせい》の一句《いっく》

三月《さんがつ》の甘納豆《あまなっとう》のうふふふふ

季語《きご》 甘納豆《あまなっとう》

「うふふふふ」と笑《わら》っているのは人《ひと》？ それとも甘納豆《あまなっとう》？ その笑《わら》いにはどんな意味《いみ》があるのでしょう。二《ふた》つの「の」の働《はたら》きは？ 以上《いじょう》のようなことを考《かんが》えると楽《たの》しいかもしれませんね。18～21ページの季語《きご》の句《く》は、こちらです。

いきいきとほそ目《め》かがやく雛《ひいな》かな

季語《きご》 ひいな

作者《さくしゃ》 飯田蛇笏《いいだだこつ》

桃《もも》の木《き》へ雀《すずめ》吐《は》き出《だ》す鬼瓦《おにがわら》

季語《きご》 桃《もも》の花《はな》

作者《さくしゃ》 上島鬼貫《うえじまおにつら》

毎年《まいとし》よ彼岸《ひがん》の入《いり》に寒《さむ》いのは

季語《きご》 彼岸《ひがん》

作者《さくしゃ》 正岡子規《まさおかしき》

ゆさゆさと大枝《おおえだ》ゆるる桜《さくら》かな

季語《きご》 桜《さくら》

作者《さくしゃ》 村上鬼城《むらかみきじょう》

解説《かいせつ》

［いきいきとほそ目《め》かがやく雛《ひいな》かな］

「雛《ひいな》」はひな人形《にんぎょう》、すなわち「おひなさま」のことです。この細目《ほそめ》のおひなさまは、男《お》びなかな、それとも女《め》びなかな？

［桃《もも》の木《き》へ雀《すずめ》吐《は》き出《だ》す鬼瓦《おにがわら》］

鬼瓦《おにがわら》にとまっていたすずめたちが次々《つぎつぎ》に桃《もも》の木《き》へ飛《と》び移《うつ》りました。そのようすを「雀《すずめ》はきだす」と表現《ひょうげん》しました。こわい鬼瓦《おにがわら》と、かわいい雀《すずめ》の対照《たいしょう》がおもしろいですね。

［毎年《まいとし》よ彼岸《ひがん》の入《いり》に寒《さむ》いのは］

「今朝《けさ》は寒《さむ》いね」と言《い》ったら、母《はは》がこの俳句《はいく》のように返答《へんとう》したのだそうです。ことわざでも「暑《あつ》さ寒《さむ》さも彼岸《ひがん》まで」と言《い》い、春《はる》の彼岸《ひがん》はまだ寒《さむ》く、彼岸《ひがん》を過《す》ぎるとだんだん暖《あたた》かくなります。

［ゆさゆさと大枝《おおえだ》ゆるる桜《さくら》かな］

「ゆるる」は「ゆれる」の古語《こご》です。花盛《はなざか》りの桜《さくら》の枝《えだ》が風《かぜ》にゆれているのです。三回《さんかい》も出《で》る「ゆ」の音《おと》のひびきも、いかにもゆれている感《かん》じですね。

さくら咲《さ》くころ鳥足《とりあし》二本《にほん》馬《うま》四本《よんほん》

季語《きご》　桜《さくら》

作者《さくしゃ》　上島鬼貫《うえじまおにつら》

空《そら》をゆく一《ひ》とかたまりの花吹雪《はなふぶき》

季語《きご》　花吹雪《はなふぶき》

作者《さくしゃ》　高野素十《たかのすじゅう》

球春《きゅうしゅん》や打《う》てばあしたになる魔球《まきゅう》

季語《きご》　球春《きゅうしゅん》

作者《さくしゃ》　塩見恵介《しおみけいすけ》

行《ゆ》く春《はる》や鳥《とり》啼《な》き魚《うお》の目《め》は涙《なみだ》

季語《きご》　行《ゆ》く春《はる》

作者《さくしゃ》　松尾芭蕉《まつおばしょう》

入学式《にゅうがくしき》「はい」の言葉《ことば》も起立《きりつ》する

季語《きご》　入学式《にゅうがくしき》

作者《さくしゃ》　坂井泰法（小6）

［さくら咲《さ》くころ鳥足《とりあし》二本《にほん》馬《うま》四本《よんほん》］

桜《さくら》のころは気分《きぶん》がふわふわします。でも、鳥《とり》は足《あし》二本《にほん》、馬《うま》は四本《よんほん》でごくふつうに暮《く》らしています。足《あし》をちゃんと地《ち》に着《つ》けて暮《く》らしたいなあ、という句《く》でしょうか。

［空《そら》をゆく一《ひ》とかたまりの花吹雪《はなふぶき》］

「花吹雪《はなふぶき》」は風《かぜ》に散《ち》る桜《さくら》です。この句《く》、花吹雪《はなふぶき》が空飛《そらと》ぶジュータンのようですね。どこへ飛《と》んでいくのか、行《ゆ》く先《さき》を想像《そうぞう》してください。

［球春《きゅうしゅん》や打《う》てばあしたになる魔球《まきゅう》］

魔球《まきゅう》のようなボールを打《う》つ。うまく打《う》てたら、すてきな明日《あす》がやってきそうな、そんな予感《よかん》がするのです。魔球《まきゅう》でなくても、思《おも》いきり打《う》ったらスカッとしますよ、きっと。

［行《ゆ》く春《はる》や鳥《とり》啼《な》き魚《うお》の目《め》は涙《なみだ》］

季語《きご》「行《ゆ》く春《はる》」は過《す》ぎてゆこうとする春《はる》。晩《ばん》春《しゅん》とか暮春《ぼしゅん》とも言《い》います。この句《く》、絵《え》にするとおもしろいでしょう。場面《ばめん》を想像《そうぞう》して絵《え》を描《えが》いてください。21ページも見《み》てみてね。

［入学式《にゅうがくしき》「はい」の言葉《ことば》も起立《きりつ》する］

入学式《にゅうがくしき》で名前《なまえ》を呼《よ》ばれて起立《きりつ》しました。そのとき、「はい」という返事《へんじ》も起立《きりつ》した感《かん》じでした。入学式《にゅうがくしき》の緊張《きんちょう》したようすが目《め》に浮《う》かびますね。

夏《なつ》

立夏《りっか》から立秋《りっしゅう》のころまで
＊5月《がつ》5日《か》～8月《がつ》6日《か》ごろ

夏《なつ》は初夏《しょか》、梅雨《つゆ》、盛夏《せいか》、晩夏《ばんか》と移《うつ》り変《か》わり、いろいろな表情《ひょうじょう》を見《み》せてくれます。それぞれに味《あじ》わいがあり、そのちがいは俳句《はいく》にもたくさん詠《よ》まれてきました。どの季節《きせつ》よりも明《あか》るく、力強《ちからづよ》く、生命力《せいめいりょく》にあふれる季節《きせつ》です。

山滴《やましたた》る
山《やま》の岸壁《がんぺき》や岩《いわ》からぽつぽつと落《お》ちるしずくは、清《きよ》らかで冷《つめ》たく、涼《すず》しさを感《かん》じます。みずみずしい緑《みどり》におおわれた夏山《なつやま》を、そんな「滴《したた》り」にたとえた季語《きご》です。
雲《くも》の峰《みね》
［入道雲《にゅうどうぐも》　積乱雲《せきらんうん》］
もくもくと縦《たて》にのびていく雲《くも》には、たくましさが感《かん》じられます。
盛夏《せいか》
［真夏《まなつ》　夏《なつ》さかん］
梅雨《つゆ》が明《あ》けると、いよいよ本格的《ほんかくてき》な夏《なつ》。気温《きおん》が最《もっと》も高《たか》くなる時期《じき》です。
暑《あつ》し
［暑《あつ》さ　暑《あつ》い］
つばめの子《こ》
つばめの巣《す》ではひなが生《う》まれ、親鳥《おやどり》はいそがしくえさを運《はこ》んでいます。
草刈《くさか》り
ひまわり
柿若葉《かきわかば》
夏《なつ》のちょう
［あげはちょう　あげは］
へちまの花《はな》
ジューンドロップ
6月《がつ》から7月《がつ》にかけて、柿《かき》の木《き》が、まだ青《あお》い実《み》を落《お》とすこと。成《な》り過《す》ぎを防《ふせ》ぐ柿《かき》の木《き》の知恵《ちえ》です。
葉桜《はざくら》
花《はな》が散《ち》った後《あと》、初夏《しょか》に若葉《わかば》がしげってきた緑《みどり》の美《うつく》しさを表《あらわ》しています。
かたばみの花《はな》
たちあおい

※現代《げんだい》の子《こ》どもたちの季節感《きせつかん》に合《あ》わせ、8月《がつ》いっぱいまでを「夏《なつ》」に収録《しゅうろく》しています。

夏《なつ》の空《そら》
［夏空《なつぞら》　夏《なつ》の天《てん》］
言葉《ことば》からその青《あお》さや開放感《かいほうかん》が伝《つた》わります。梅雨《つゆ》、晩夏《ばんか》の空《そら》にも用《もち》います。
夏《なつ》の日《ひ》
夏《なつ》の一日《いちにち》、夏《なつ》の太陽《たいよう》、どちらの意味《いみ》にも用《もち》います。
夏《なつ》の山《やま》
［夏山《なつやま》　青嶺《あおね》　青《あお》い山《やま》］
低《ひく》い山《やま》、高《たか》い山《やま》、緑《みどり》しげる山《やま》、青《あお》みがかった山《やま》、晴《は》れた山《やま》、雲《くも》におおわれた山《やま》…。さまざまな山《やま》を表現《ひょうげん》できる言葉《ことば》です。
万緑《ばんりょく》
見渡《みわた》すかぎり緑色《みどりいろ》にしげった、夏《なつ》の草木《くさき》の生命力《せいめいりょく》にあふれたようす。新《あたら》しい季語《きご》です。
捕虫《ほちゅう》あみ
青田《あおた》
春《はる》に植《う》えた稲《いね》の苗《なえ》は、もう水面《すいめん》が見《み》えないほどにのびています。青田《あおた》をなでて吹《ふ》きぬけていく風《かぜ》を「青田風《あおたかぜ》」と言《い》います。
しらさぎ
片《かた》かげ
［日《ひ》かげ　夏《なつ》かげ］
建物《たてもの》や立木《たちき》のかげ。暑《あつ》い日《ひ》の休《きゅう》けい所《じょ》。
夏野《なつの》
せみ
夏木立《なつこだち》
夏草《なつくさ》
夏《なつ》に生《お》いしげって、勢力《せいりょく》を増《ま》します。刈《か》っても刈《か》っても生《は》えてきます。
百日草《ひゃくにちそう》
百合《ゆり》
夏《なつ》のかも
［かるがも］
夏《なつ》の川《かわ》
［夏川《なつがわ》］
てんとう虫《むし》
昼顔《ひるがお》
日《ひ》の盛《さか》んに照《て》る暑《あつ》い時間《じかん》に咲《さ》いています。

風《かぜ》薫《かお》る、夏《なつ》の始《はじ》まり

光《ひか》る夏《なつ》、初夏《しょか》。空《そら》にはこいのぼりが泳《およ》ぎ、地上《ちじょう》にはすがすがしい風《かぜ》が吹《ふ》きます。一年中《いちねんじゅう》で最《もっと》もさわやかな時期《じき》です。

武者人形《むしゃにんぎょう》 [五月人形《ごがつにんぎょう》　かぶと人形《にんぎょう》]

端午《たんご》の節句《せっく》に飾《かざ》る武者姿《むしゃすがた》の人形《にんぎょう》や、かぶと人形《にんぎょう》。その主役《しゅやく》は歴史上《れきしじょう》の英雄《えいゆう》から、童話《どうわ》や伝説《でんせつ》の人物《じんぶつ》にかわっていきました。

飾《かざ》りかぶと

鍾馗《しょうき》

魔除《まよ》けとされる人形《にんぎょう》です。中《ちゅう》国《ごく》の皇帝《こうてい》の夢《ゆめ》の中《なか》で鬼《おに》をたおし、病《やまい》を治《なお》した神話《しんわ》の人物《じんぶつ》。

金太郎《きんたろう》

子《こ》どものころからくまにすもうで勝《か》つほどの力持《ちからも》ち。別名《べつめい》、怪童丸《かいどうまる》。

端午《たんご》の節句《せっく》　5月《がつ》5日《か》

江戸時代《えどじだい》に「五節句《ごせっく》」（19ページ）が制定《せいてい》されたのちに広《ひろ》まりました。3月《がつ》3日《か》の女《おんな》の子《こ》の節《せっ》句《く》に対《たい》して、5月《がつ》5日《か》は男《おとこ》の子《こ》の節句《せっく》とされています。男児《だんじ》の誕生《たんじょう》と成長《せいちょう》をいわって、こいのぼりをあげたり武者人形《むしゃにんぎょう》やかぶとを飾《かざ》ったりします。また、時節《じせつ》の物《もの》としてしょうぶが使《つか》われます。しょうぶは強《つよ》い香《かお》りを持《も》ち、邪気《じゃき》をはらう霊力《れいりょく》があると信《しん》じられています。

こどもの日《ひ》　5月《がつ》5日《か》

子《こ》どもの権利《けんり》を尊重《そんちょう》し、子《こ》どもたちのための行事《ぎょうじ》が行《おこな》われる祝日《しゅくじつ》として昭《しょう》和《わ》23年《ねん》に制定《せいてい》されました。

新緑《しんりょく》の言葉《ことば》

緑《みどり》が濃《こ》くなる真夏前《まなつまえ》、一日《いちにち》また一日《いちにち》と、木々《きぎ》の葉《は》の色《いろ》が鮮《あざ》やかに変化《へんか》していきます。

若葉《わかば》

新鮮《しんせん》でみずみずしい、生《は》え出《で》たばかりの葉《は》。初夏《しょか》の生《い》き生《い》きとしたようすまで伝《つた》わる言葉《ことば》です。

青葉《あおば》

若葉《わかば》が生《お》いしげって青々《あおあお》としたようす。青葉《あおば》に雨《あめ》が降《ふ》れば「青葉雨《あおばあめ》」。

青嵐《あおあらし》　木々《きぎ》の青葉《あおば》をゆらしながら、さあっと吹《ふ》く強《つよ》い南風《みなみかぜ》。さわやかで心地《ここち》よい風《かぜ》です。

しょうぶ湯《ゆ》

しょうぶの葉《は》を浮《う》かべたふろに入《はい》り、心《しん》身《しん》を清《きよ》めます。魔除《まよ》けのひとつです。

端午《たんご》の節句《せっく》はおふろもおやつも香《かお》りよし。

夏《なつ》の季語《きご》の野鳥《やちょう》を見《み》つけよう！

田植《たう》え [田植《たう》え唄《うた》]

稲《いね》の苗《なえ》を田《た》んぼに一株《ひとかぶ》ずつ植《う》えていきます。まっすぐ植《う》えなくては、苗《なえ》は元気《げんき》に育《そだ》ちません。田植《たう》えはたいへんな重労働《じゅうろうどう》でした。「田《た》植《う》え唄《うた》」は田《た》の神《かみ》さまのご加護《かご》を願《ねが》う歌《うた》です。

早苗《さな》ぶり

田植《たう》えを無事《ぶじ》に終《お》えた後《あと》、みんなで食事《しょくじ》をしていわうこと。

母《はは》の日《ひ》　5月第《がつだい》2日曜日《にちようび》

父《ちち》の日《ひ》　6月第《がつだい》3日曜日《にちようび》

それぞれお母《かあ》さん、お父《とう》さんに感謝《かんしゃ》をする日《ひ》。母《はは》の日《ひ》には「カーネーション」の花《はな》をおくる習慣《しゅうかん》があります。

吹《ふ》き流《なが》し
かご球《だま》
矢車《やぐるま》
真鯉《まごい》
緋鯉《ひごい》
子鯉《こごい》

こいのぼり

こいには「滝《たき》を登《のぼ》って竜《りゅう》になった」という伝説《でんせつ》があります。男《おとこ》の子《こ》の出世《しゅっせ》をいのり、こいの形《かたち》に作《つく》ったのぼりを立《た》てるのです。

五月晴《さつきば》れ

5月《がつ》の気持《きも》ちよく晴《は》れわたった空《そら》のこと。また、旧暦《きゅうれき》の5月《がつ》は梅雨時《つゆどき》だったことから、「梅雨《つゆ》の合間《あいま》の晴天《せいてん》」という意味《いみ》でも用《もち》います。

風薫《かぜかお》る［薫風《くんぷう》　風《かぜ》の香《か》］

南風《みなみかぜ》が、水《みず》の上《うえ》や青葉《あおば》をなでて吹《ふ》きぬけていきます。そのさわやかな感《かん》じを「薫《かお》る」とたとえました。

初夏《しょか》［夏《なつ》の始《はじ》め　初夏《はつなつ》］

かすみがちな春《はる》の空《そら》はすっかり消《き》え去《さ》り、日差《ひざ》しが強《つよ》くなります。草花《くさばな》の勢《いきお》いも増《ま》すころです。

夏《なつ》めく

人々《ひとびと》の衣《い》・食《しょく》・住《じゅう》のようすも、自然《しぜん》の景色《けしき》も、夏《なつ》らしくなってくること。

はるか昔《むかし》の日本《にほん》でも、同《おな》じく香《かお》っていたのでしょう。

柏《かしわ》もち

柏《かしわ》の葉《は》は、夏《なつ》に古《ふる》い葉《は》が落《お》ちて新《しん》葉《ば》が出《で》ます。後《あと》つぎができるという意味《いみ》があります。

ちまき

もち米《ごめ》を、ささの葉《は》や竹《たけ》の皮《かわ》で包《つつ》んで蒸《む》します。開《ひら》くとふわっと香《かお》りが広《ひろ》がります。

かわせみ

しじゅうから

夏服《なつふく》

衣《ころも》がえ

暑《あつ》くてもう着《き》ない冬服《ふゆふく》をしまって涼《すず》しい夏服《なつふく》を出《だ》し、たんすの中《なか》身《み》を整理《せいり》します。ついでに、部屋《へや》も夏《なつ》らしくもようがえ。

青《あお》すだれ
花《はな》ござ

麦《むぎ》の秋《あき》

麦《むぎ》は初夏《しょか》に実《みの》り、取《と》り入《い》れ時《どき》をむかえます。ほかの草木《くさき》が新緑《しんりょく》におおわれるなか、麦《むぎ》だけが、かがやくような黄色《きいろ》に色《いろ》づきます。これを「麦《むぎ》の秋《あき》」と呼《よ》び、夏《なつ》の季語《きご》になります。

麦笛《むぎぶえ》

梅《つ》雨《ゆ》を楽《たの》しもう

雨《あめ》の日《ひ》に、いつも通《とお》る道《みち》や草木《くさき》の葉《は》が、ふと美《うつく》しく見《み》えることがありませんか？そんな「発見《はっけん》」を増《ふ》やしましょう。

黒南風《くろはえ》

梅《つ》雨《ゆ》入《い》りに吹《ふ》く南風《みなみかぜ》。黒《くろ》くてどんよりと曇《くも》った暗《くら》い感《かん》じ。

梅《つ》雨《ゆ》の言葉《ことば》

青梅雨《あおつゆ》

梅《つ》雨《ゆ》の別名《べつめい》。ちょうど青葉《あおば》の時期《じき》に降《ふ》るので、こう呼《よ》ばれます。梅《つ》雨《ゆ》は植物《しょくぶつ》にとっては、めぐみの雨《あめ》なのです。

五月雨《さみだれ》

梅《つ》雨《ゆ》のことですが、五月雨《さみだれ》は雨《あめ》そのものを示《しめ》すときに使《つか》われます。旧暦《きゅうれき》では5月《がつ》だったので、こう呼《よ》ばれました。

梅《つ》雨《ゆ》闇《やみ》

梅《つ》雨《ゆ》時《どき》の昼《ひる》の暗《くら》さや、月《つき》がかくれた闇夜《やみよ》のこと。逆《ぎゃく》に、晴《は》れたら「**梅《つ》雨《ゆ》晴《ば》れ**」。

かえるはごきげん♪

紫陽花《あじさい》

［手鞠花《てまりばな》
七変化《しちへんげ》
刺繍花《ししゅうばな》］

かたつむり

［でんでん虫《むし》
まいまい］

青梅《あおうめ》

［梅《うめ》の実《み》］

くちなしの花《はな》

香《かお》りのよい白《しろ》い花《はな》を咲《さ》かせます。実《み》は赤《あか》みのある黄色《きいろ》。実《み》が熟《じゅく》しても口《くち》を開《ひら》かないので、この名前《なまえ》がつきました。

どくだみ［十薬《じゅうやく》］

どくだみは薬草《やくそう》で、ほかの植物《しょくぶつ》を十種《じっしゅ》類合《るいあ》わせたほどの効《き》き目《め》があると言《い》われます。

白南風《しろはえ》

梅《つ》雨《ゆ》明《あ》けに吹《ふ》く南《みなみ》風《かぜ》。黒南風《くろはえ》とは反対《はんたい》に、白《しろ》い雲《くも》のかかる夏空《なつぞら》を思《おも》わせます。

夏越《なごし》の祓《はらえ》

［夏越《なごし》］

6月《がつ》の最後《さいご》の日《ひ》に、新《あら》たな時《じ》期《き》に入《はい》るため災《わざわ》いを取《と》り除《のぞ》く行事《ぎょうじ》です。「茅《ち》の輪《わ》」をくぐって身《み》を清《きよ》めます。

茅《ち》の輪《わ》

［茅《ち》の輪《わ》くぐり］

妖怪《ようかい》も遊《あそ》んでいるかも…

星《ほし》に願《ねが》いを

人《ひと》の暮《く》らしや自然《しぜん》のようすは変《か》わっていくけれど、夜空《よぞら》の星《ほし》は変《か》わらずにかがやいています。いにしえの人々《ひとびと》は、七夕《たなばた》の星《ほし》にどんな願《ねが》い事《ごと》をしたのでしょうね。

夏《なつ》の星座《せいざ》を見《み》つけよう

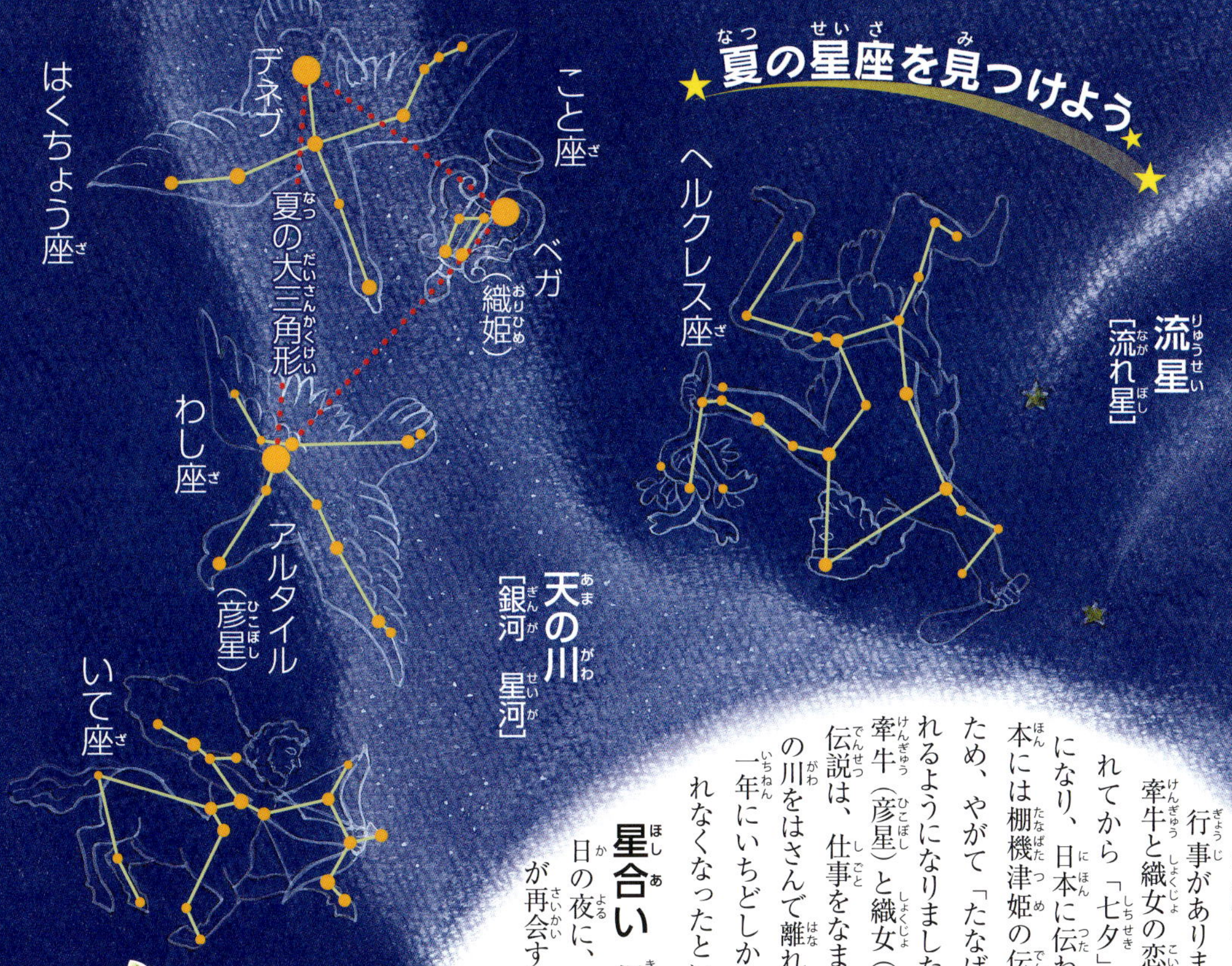

はくちょう座《ざ》
デネブ
こと座《ざ》
ベガ
（織姫《おりひめ》）
夏《なつ》の大三角形《だいさんかくけい》
わし座《ざ》
アルタイル
（彦星《ひこぼし》）
いて座《ざ》
ヘルクレス座《ざ》
さそり座《ざ》

流星《りゅうせい》［流《なが》れ星《ぼし》］

天《あま》の川《がわ》［銀河《ぎんが》　星河《せいが》］

七夕《たなばた》　7月《がつ》7日《か》

中国《ちゅうごく》に「乞巧奠《きこうでん》」という行事《ぎょうじ》がありました。それが、牽牛《けんぎゅう》と織女《しょくじょ》の恋《こい》の伝説《でんせつ》がうまれてから「七夕《しちせき》」という行事《ぎょうじ》になり、日本《にほん》に伝《つた》わります。日《に》本《ほん》には棚機津姫《たなばたつめ》の伝説《でんせつ》があったため、やがて「たなばた」と呼《よ》ばれるようになりました。

牽牛《けんぎゅう》（彦星《ひこぼし》）と織女《しょくじょ》（織姫《おりひめ》）の七夕《たなばた》伝説《でんせつ》は、仕事《しごと》をなまけた二人《ふたり》が天《あま》の川《がわ》をはさんで離《はな》ればなれにされ、一年《いちねん》にいちどしか会《あ》うことを許《ゆる》されなくなったというお話《はなし》です。

星合《ほしあ》い　旧暦《きゅうれき》7月《がつ》7日《か》の夜《よる》に、彦星《ひこぼし》と織姫《おりひめ》が再会《さいかい》すること。

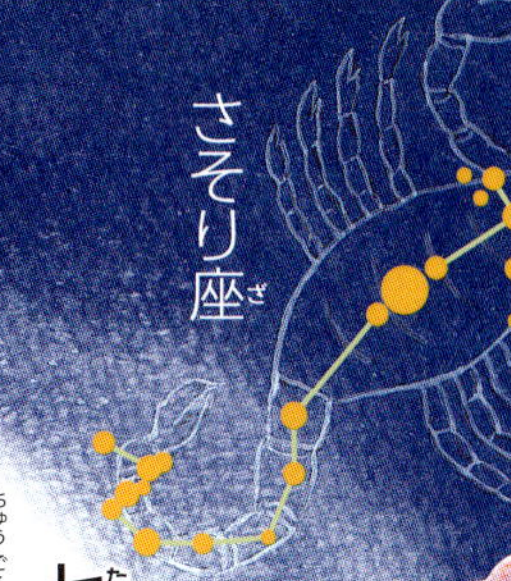

七夕竹《たなばたたけ》

織女《しょくじょ》［織姫《おりひめ》］

牽牛《けんぎゅう》［彦星《ひこぼし》］

くす玉《だま》　七夕飾《たなばたかざ》りのひとつ。くす玉《だま》の下《した》の吹《ふ》き流《なが》しは、織女《しょくじょ》の織《お》り糸《いと》を表《あらわ》しています。

短冊《たんざく》　願《ねが》い事《ごと》を書《か》いて竹《たけ》にくくりつけます。

乞巧奠《きこうでん》　糸《いと》や針《はり》を司《つかさど》る織《しょく》女星《じょせい》に、裁縫《さいほう》が上《じょう》手《ず》になることをいのった古代中国《こだいちゅうごく》の行事《ぎょうじ》です。今日《こんにち》の七夕《たなばた》で手習《てなら》いの上達《じょうたつ》を願《ねが》うのは、乞巧奠《きこうでん》の名残《なご》りなのです。

夏至《げし》　6月《がつ》22日《にち》ごろ

一年《いちねん》のうちで昼《ひる》がいちばん長《なが》いころ。けれどたいてい梅雨《つゆ》なので、曇《くも》りがちです。

山開《やまびら》き　7月《がつ》1日《たち》ごろ

山《やま》は神聖《しんせい》な場所《ばしょ》なので、一《いっ》般《ぱん》の人《ひと》の登山《とざん》は夏《なつ》に限定《げんてい》されていました。山開《やまびら》きの行《ぎょう》事《じ》は富士山《ふじさん》のほか、各地《かくち》の山々《やまやま》で行《おこな》われています。

※七夕関連《たなばたかんれん》の言葉《ことば》は、俳句《はいく》では秋《あき》の季語《きご》です。新暦《しんれき》と旧暦《きゅうれき》との間《あいだ》にずれがあるためです。くわしくは44ページへ。

俳句《はいく》鑑賞《かんしょう》 夏《なつ》

ねんてん先生《せんせい》の一句《いっく》

八月《はちがつ》のナガサキアゲハ尾行《びこう》せよ

季語《きご》 あげは

「尾行《びこう》」は相手《あいて》に気《き》づかれないように後《あと》をつけて行《い》くことです。ナガサキアゲハを追《お》っていく気持《きも》ち、どんな気《き》持《も》ちでしょう。もしくは、ナガサキアゲハに何《なに》かを尾行《びこう》せよと命《めい》じている？　さあ、夏《なつ》の俳句《はいく》のしょうかいです。

雲《くも》の峰《みね》水《みず》なき川《かわ》を渡《わた》りけり

季語《きご》 雲《くも》の峰《みね》

作者《さくしゃ》 正岡子規《まさおかしき》

夏河《なつかわ》を越《こ》すうれしさよ手《て》に草履《ぞうり》

季語《きご》 夏《なつ》の川《かわ》

作者《さくしゃ》 与謝蕪村《よさぶそん》

夏草《なつくさ》や兵《つわもの》どもがゆめの跡《あと》

季語《きご》 夏草《なつくさ》

作者《さくしゃ》 松尾芭蕉《まつおばしょう》

分《わ》け入《い》っても分《わ》け入《い》っても青《あお》い山《やま》

季語《きご》 青《あお》い山《やま》

作者《さくしゃ》 種田山頭火《たねださんとうか》

解説《かいせつ》

［雲《くも》の峰《みね》水《みず》なき川《かわ》を渡《わた》りけり］

空《そら》には「雲《くも》の峰《みね》」があり、私《わたし》は水《みず》のない川《かわ》を渡《わた》っている、というのです。川《かわ》に水《みず》がないのは長《なが》く雨《あめ》が降《ふ》らないからでしょうか。ぎらぎらした夏《なつ》の日《ひ》が想像《そうぞう》できますね。

［夏河《なつかわ》を越《こ》すうれしさよ手《て》に草履《ぞうり》］

「うれしさ」の具体的《ぐたいてき》な理由《りゆう》を示《しめ》しているのが「手《て》に草履《ぞうり》」。すなわち、はだしになって川《かわ》を渡《わた》っているのですね。冷《つめ》たくっていい気分《きぶん》です。

［夏草《なつくさ》や兵《つわもの》どもがゆめの跡《あと》］

夏《なつ》の草《くさ》が一面《いちめん》にしげっています。ここは昔《むかし》、武士《ぶし》たちが合戦《かっせん》に夢《ゆめ》をかけた、その夢《ゆめ》のあとだ、というのです。「奥《おく》の細道《ほそみち》」にあり、松尾芭蕉《まつおばしょう》が岩《いわ》手《て》県南部《けんなんぶ》の平泉《ひらいずみ》に行《い》ったときに詠《よ》んだ句《く》です。

［分《わ》け入《い》っても分《わ》け入《い》っても青《あお》い山《やま》］

「分《わ》け入《い》っても」のくり返《かえ》しは山《やま》の深《ふか》さを表現《ひょうげん》しています。「青《あお》い山《やま》」は夏《なつ》の青々《あおあお》とした山《やま》ですね。草《くさ》や木々《きぎ》のにおい、葉《は》のきらめきなどを感《かん》じますね。

日本《にっぽん》の空《そら》の長《なが》さや鯉《こい》のぼり

季《き》語《ご》 こいのぼり

作者《さくしゃ》 落合水尾《おちあいすいび》

谺《こだま》して山《やま》ほととぎすほしいまま

季《き》語《ご》 ほととぎす

作者《さくしゃ》 杉田久女《すぎたひさじょ》

素潜《すもぐ》りに似《に》て青梅雨《あおつゆ》の森《もり》をゆく

季《き》語《ご》 青梅雨《あおつゆ》

作者《さくしゃ》 松永典子《まつながふみこ》

猫《ねこ》の子《こ》に嗅《かが》れているや蝸牛《かたつむり》

季《き》語《ご》 かたつむり

作者《さくしゃ》 椎本才麿《しいがもとさいまろ》

弟《おとうと》の首《くび》がすわって夏《なつ》が来《き》た

季《き》語《ご》 夏《なつ》が来《き》た（立夏《りっか》）

作者《さくしゃ》 友定果音（小5）

［日本《にっぽん》の空《そら》の長《なが》さや鯉《こい》のぼり］

「空《そら》の長《なが》さ」に注目《ちゅうもく》しましょう。川《かわ》や谷《たに》、あるいは広場《ひろば》にロープを渡《わた》して、いくつもこいのぼりを泳《およ》がせているのではないでしょうか。それを真下《ました》からながめて、空《そら》の長《なが》さを感《かん》じているのかな？

［谺《こだま》して山《やま》ほととぎすほしいまま］

「谺《こだま》」は木霊《こだま》、すなわち「やまびこ」です。思《おも》いっきり鳴《な》いているほととぎすの声《こえ》が、山《やま》や谷《たに》にこだましているのですね。ほととぎすの大合唱《だいがっしょう》に山全《やまぜん》体《たい》もひびいている感《かん》じです。

［素潜《すもぐ》りに似《に》て青梅雨《あおつゆ》の森《もり》をゆく］

「素潜《すもぐ》り」は装備《そうび》を何《なに》も用《もち》いないで、水《みず》にもぐることです。つまり、水《みず》が体《からだ》に直接《ちょくせつ》ふれるのですね。葉《は》に雨《あめ》をためている青々《あおあお》とした梅雨《つゆ》の森《もり》は、まさに海《うみ》。歩《ある》くと自然《しぜん》に体《からだ》がぬれていきます。この句《く》を読《よ》むと、青梅雨《あおつゆ》の森《もり》に行《い》きたくなりませんか。

［猫《ねこ》の子《こ》に嗅《かが》れているや蝸牛《かたつむり》］

ねこの子《こ》が「これはなんだろうなあ」と、かたつむりをかいでいます。かがれているかたつむり、どんな気持《きも》ちでしょうか。

［弟《おとうと》の首《くび》がすわって夏《なつ》が来《き》た］

弟《おとうと》の首《くび》がすわったころ、ちょうど立夏《りっか》になりました。弟《おとうと》が夏《なつ》を連《つ》れてきた感《かん》じです。赤《あか》ちゃんの首《くび》がすわるって、わかるかな？

夏《なつ》休《やす》みがやって来《き》た！

夏《なつ》といえば夏休《なつやす》み。一日《いちにち》の計画《けいかく》表《ひょう》を作《つく》って、実行《じっこう》して、大《おお》いに遊《あそ》ぶ！　人《ひと》も自然《しぜん》も、生命力《せいめいりょく》にあふれています。

暑中お見まい
もうし上げます

暑中見《しょちゅうみ》まい

海水浴《かいすいよく》
浮《う》き輪《わ》
ビーチパラソル［砂日傘《すなひがさ》］
水着《みずぎ》
海《うみ》の言葉《ことば》

夏《なつ》の海《うみ》［夏海《なつうみ》］　真《ま》っ青《さお》な空《そら》、白《しろ》い入道雲《にゅうどうぐも》、強《つよ》くかがやく太陽《たいよう》。光《ひかり》と力《ちから》に満《み》ちあふれた夏《なつ》の海《うみ》。

青岬《あおみさき》　海《うみ》につき出《だ》したみさきは緑《みどり》にしげり、白《しろ》い灯台《とうだい》はすがすがしく見《み》えます。

夕凪《ゆうなぎ》　夏《なつ》の夕暮《ゆうぐ》れに、海風《うみかぜ》がぴたりと止《や》む現象《げんしょう》。波《なみ》もおだやかになります。

土用波《どようなみ》　台風《たいふう》がまだはるか沖合《おきあい》にあるときに、海岸《かいがん》におし寄《よ》せる大《おお》きな波《なみ》のこと。

川遊《かわあそ》び
ざりがに
めだか

昼寝《ひるね》

宿題《しゅくだい》　最後《さいご》の日《ひ》にあわてないようにね。

ラジオ体操《たいそう》

夏《なつ》の空《そら》もよう

雷《かみなり》　夏《なつ》に最《もっと》も多《おお》く、太鼓《たいこ》を持《も》ち鬼《おに》の姿《すがた》をした雷神《らいじん》のしわざと考《かんが》えられていました。

夕立《ゆうだち》　急《きゅう》にやって来《き》て町《まち》を洗《あら》い流《なが》す強《つよ》い雨《あめ》。短時間《たんじかん》で止《や》み、日《ひ》がもどればせみが再《ふたた》び鳴《な》き出《だ》します。

虹《にじ》　夕立《ゆうだち》が去《さ》った後《あと》、空《そら》には七《なな》色《いろ》の虹《にじ》がかかることも。

ひょう　積乱雲《せきらんうん》が降《ふ》らす氷《こおり》のつぶ。農《のう》作物《さくもつ》に深刻《しんこく》な被害《ひがい》をあたえます。

ミニ図鑑《ずかん》

昆虫《こんちゅう》

かぶと虫《むし》

くわがた虫《むし》

玉虫《たまむし》

くまぜみ

みんみんぜみ

空《うつ》せみ　せみのぬけがらのこと。

山《やま》の言葉《ことば》

登山《とざん》［山登《やまのぼ》り　登山道《とざんどう》］
登山《とざん》は気候《きこう》が安定《あんてい》している夏《なつ》が最適《さいてき》です。

ケルン［積《つ》み石《いし》］

雲海《うんかい》
高《たか》い山《やま》の上《うえ》から見下《みお》ろしたときに、海《うみ》のように広《ひろ》がって見《み》える雲《くも》。

滝《たき》
滝《たき》は大《おお》きな音《おと》と水《みず》けむりを立《た》てて、涼《すず》しさを運《はこ》んでくれます。

清水《しみず》
登山客《とざんきゃく》ののどをうるおす、澄《す》んだわき水《みず》です。

テント

キャンプ

雪渓《せっけい》
夏《なつ》になってもとけずに、山《やま》の谷《たに》に残《のこ》った雪《ゆき》。雪渓《せっけい》の上《うえ》は、涼《すず》しい風《かぜ》が吹《ふ》きぬけます。

日焼《ひや》け

帰省《きせい》
お父《とう》さんやお母《かあ》さんのふるさとへ行《い》きます。

プール

水泳《すいえい》［泳《およ》ぎ］

夕焼《ゆうや》け
太陽《たいよう》がしずむときに、西《にし》の空《そら》が赤《あか》く染《そ》まること。夏《なつ》の夕焼《ゆうや》けは気持《きも》ちがよく、さわやかです。

朝焼《あさや》け
日《ひ》が昇《のぼ》る間際《まぎわ》に、東《ひがし》の空《そら》が赤《あか》く染《そ》まること。黄金色《こがねいろ》に染《そ》まったときは、天気《てんき》は下《くだ》り坂《ざか》になると言《い》います。

西日《にしび》
夏《なつ》は、午後《ごご》に差《さ》す西日《にしび》もいちばん強《つよ》くなります。

炎天《えんてん》
真夏《まなつ》の日中《にっちゅう》に焼《や》け付《つ》くような空《そら》、そこから射《さ》すように降《ふ》る強《つよ》い日差《ひざ》し。

真夏日《まなつび》
日中《にっちゅう》の気温《きおん》が30度《ど》を超《こ》える日《ひ》。

涼《りょう》

涼《すず》しさが最《もっと》も求《もと》められるのが夏《なつ》。そのため、「納《のう》涼《りょう》」や「涼《すず》し」が夏《なつ》の季《き》語《ご》となっているのですよ。

納涼《のうりょう》［涼《すず》む］
船《ふね》に乗《の》ったり、風鈴《ふうりん》をぶら下《さ》げたり、工夫《くふう》をして涼《すず》しさを求《もと》めること。

扇《おうぎ》［扇子《せんす》］

うちわ
おうぎがよそ行《ゆ》きなら、うちわは家《か》庭用《ていよう》。「蚊《か》」や「蝿《はえ》」も追《お》いはらえます。

麦《むぎ》わら帽《ぼう》

日傘《ひがさ》

花氷《はなごおり》
花《はな》を入《い》れてこおらせた氷《こおり》の柱《はしら》。エアコンのない時代《じだい》は必需品《ひつじゅひん》でした。

金魚玉《きんぎょだま》［金魚鉢《きんぎょばち》］

金魚《きんぎょ》

夕涼《ゆうすず》み
暑《あつ》さがやわらぐ夕暮《ゆうぐ》れどきに、風《かぜ》を感《かん》じるなどして屋外《おくがい》で涼《すず》むこと。

涼《すず》し［涼《すず》しい］

風鈴《ふうりん》

扇風機《せんぷうき》

蚊遣《かや》り

すいか

端居《はしい》
夕方《ゆうがた》や夜《よる》に、縁側《えんがわ》などでくつろぐこと。日本《にほん》の家《いえ》は端《はし》っこが、風《かぜ》が通《とお》って涼《すず》しいのです。

水鉄砲《みずてっぽう》

打《う》ち水《みず》
庭《にわ》や玄関先《げんかんさき》に水《みず》をまくこと。夏場《なつば》の気温《きおん》を下《さ》げる効果《こうか》があります。

行水《ぎょうずい》
屋外《おくがい》でたらいのふろに入《はい》ることです。今《いま》ではめったに見《み》られない光景《こうけい》ですが、「からすの行水《ぎょうずい》」など、言葉《ことば》として残《のこ》っています。

金魚《きんぎょ》もいるよ！
夏《なつ》の和菓子《わがし》

若葉蔭《わかばかげ》
若葉《わかば》の青《あお》と赤《あか》い金魚《きんぎょ》が涼《りょう》を呼《よ》びます。

水無月《みなづき》
「水無月《みなづき》」は6月《がつ》の別名《べつめい》です。

紫陽花《あじさい》
梅雨《つゆ》の晴《は》れ間《ま》にかがやくあじさいの花《はな》を表《あらわ》しています。

氷水《こおりみず》［かき氷《ごおり》］

氷菓子《こおりがし》［アイスクリーム］

ところてん

麦茶《むぎちゃ》

ラムネ

「冷《つめ》たい物《もの》を食《た》べ過《す》ぎるとおなかをこわすよ」そう言《い》われても、ついつい食《た》べてしまうものですね。

旬《しゅん》

夏《なつ》のおいしいものを見《み》つけましょう！

魚《さかな》

山女《やまめ》
鮎《あゆ》

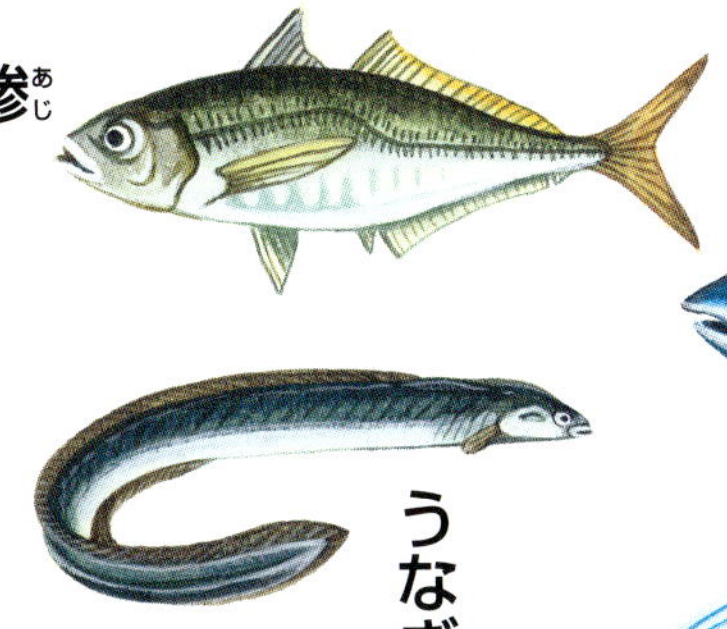

鯵《あじ》

初《はつ》がつお
飛魚《とびうお》
あわび
たこ

うなぎ

夏《なつ》を乗《の》り切《き》る栄《えい》養《よう》をつけるため、土《ど》用《よう》の丑《うし》の日《ひ》にうなぎを食《た》べる習《しゅう》慣《かん》があります。

うな重《じゅう》

土用《どよう》

7月《がつ》20日《か》ごろからの18日《にち》間《かん》のこと。最《さい》初《しょ》の日《ひ》を土《ど》用《よう》入《い》りと言《い》います。夏《なつ》のいちばん暑《あつ》い時《じ》期《き》のため、昔《むかし》は農《のう》業《ぎょう》や土《ど》木《ぼく》工《こう》事《じ》などの「土《つち》」にかかわる仕《し》事《ごと》をさけたそうです。

夏《なつ》の野《や》菜《さい》畑《ばたけ》

暑《あつ》さのなかで育《そだ》った野《や》菜《さい》たち。どうしてこんなにみずみずしいのでしょう。

なす
ピーマン
トマト
きゅうり

ゴーヤー［苦瓜《にがうり》］

熟《じゅく》す前《まえ》の夏《なつ》に収《しゅう》穫《かく》して食《た》べます（季《き》語《ご》としては秋《あき》）。独《どく》特《とく》の苦《にが》みを持《も》ち、沖《おき》縄《なわ》名《めい》物《ぶつ》ゴーヤーチャンプルーに欠《か》かせません。食《しょく》欲《よく》増《ぞう》進《しん》の効《こう》果《か》があります。

見《み》た目《め》も涼《すず》しい夏《なつ》料《りょう》理《り》

冷《ひや》そうめん
冷奴《ひややっこ》

はも落《お》とし

はもを湯《ゆ》に通《とお》して、氷《こおり》水《みず》で冷《ひ》やしたもの。梅《ばい》肉《にく》や酢《す》味《み》噌《そ》でさっぱりと。

なすの鴫《しぎ》焼《や》き

なすを焼《や》いて、練《ね》りみそをつけたもの。

豆飯《まめめし》

香《かお》りも見《み》た目《め》もよいえんどう豆《まめ》が、食《しょく》欲《よく》をそそります。

果物《くだもの》

木《き》いちご
びわ
さくらんぼ
マンゴー
メロン

俳句《はいく》鑑賞《かんしょう》 夏《なつ》

ねんてん先生《せんせい》の一句《いっく》

月《つき》も出《で》てキャンプのロミオとジュリエット

季語《きご》 キャンプ

キャンプ場《じょう》の月《つき》の下《した》で、若《わか》い二人《ふたり》が話《はな》しています。「ロミオとジュリエット」はシェークスピアの戯曲《ぎきょく》の主人公《しゅじんこう》です。「キャンプの」という言《い》い方《かた》から想像《そうぞう》を広《ひろ》げてください。それでは、32〜35ページの季語《きご》の俳句《はいく》を鑑賞《かんしょう》しましょう。

燈台《とうだい》の白《しろ》の垂直《すいちょく》青岬《あおみさき》

季語《きご》 青岬《あおみさき》

作者《さくしゃ》 田村一翠《たむらいっすい》

滝《たき》落《お》ちて群青世界《ぐんじょうせかい》とどろけり

季語《きご》 滝《たき》

作者《さくしゃ》 水原秋櫻子《みずはらしゅうおうし》

口《くち》あけて昼寝《ひるね》の人《ひと》のうつつなし

季語《きご》 昼寝《ひるね》

作者《さくしゃ》 正岡子規《まさおかしき》

閑《しず》かさや岩《いわ》にしみ入《い》る蝉《せみ》の声《こえ》

季語《きご》 せみ

作者《さくしゃ》 松尾芭蕉《まつおばしょう》

解説《かいせつ》

〔燈台《とうだい》の白《しろ》の垂直青岬《すいちょくあおみさき》〕

「白《しろ》の垂直《すいちょく》」は白《しろ》い灯台《とうだい》がまっすぐに立《た》っているようす。青《あお》い夏《なつ》のみさきの先端《せんたん》の風景《ふうけい》を想像《そうぞう》してください。海《うみ》は、空《そら》は、どんな色《いろ》でしょうか。

〔滝《たき》落《お》ちて群青世界《ぐんじょうせかい》とどろけり〕

「群青世界《ぐんじょうせかい》」は群青色《ぐんじょういろ》（鮮《あざ》やかな深《ふか》い青《あお》）の世《せ》界《かい》です。落《お》ちる滝《たき》の音《おと》が群青色《ぐんじょういろ》のひびきを立《た》てているのです。「とどろけり」は大《おお》きな音《おと》が力強《ちからづよ》くひびくよ、という意味《いみ》です。

〔口《くち》あけて昼寝《ひるね》の人《ひと》のうつつなし〕

「うつつなし」はぼんやりして正気《しょうき》を失《うしな》っているようすです。昼寝《ひるね》の人《ひと》は、たしかにだらしない表《ひょう》情《じょう》になりますね。口《くち》を開《あ》けたままとか、よだれを垂《た》らしたりとか……。でも、それが昼寝《ひるね》のよいところかも。

〔閑《しず》かさや岩《いわ》にしみ入《い》る蝉《せみ》の声《こえ》〕

シーンとしています。鳴《な》き出《だ》したせみの声《こえ》はあたりの岩《いわ》にしみ込《こ》む感《かん》じです。あなたも山《やま》や森《もり》で、せみの声《こえ》に心《こころ》を寄《よ》せてみてください。

夕立《ゆうだち》や草葉《くさば》を掴《つか》むむら雀《すずめ》

季語《きご》　夕立《ゆうだち》

作者《さくしゃ》　与謝蕪村《よさぶそん》

どの子《こ》にも涼《すず》しく風《かぜ》の吹《ふ》く日《ひ》かな

季語《きご》　涼《すず》し

作者《さくしゃ》　飯田龍太《いいだりゅうた》

娘《こ》を呼《よ》べば猫《ねこ》が来《きた》りし端居《はしい》かな

季語《きご》　端居《はしい》

作者《さくしゃ》　五十嵐播水《いがらしばんすい》

目《め》には青葉山《あおばやま》ほととぎす初《はつ》がつお

季語《きご》　青葉《あおば》／ほととぎす／初《はつ》がつお

作者《さくしゃ》　山口素堂《やまぐちそどう》

なみのおとうきわのなかできききました

季語《きご》　浮《う》き輪《わ》

作者《さくしゃ》　石川広海（小1）

［夕立《ゆうだち》や草葉《くさば》を掴《つか》むむら雀《すずめ》］

「むら雀《すずめ》」は群《む》れているすずめです。急《きゅう》に夕立《ゆうだち》がやって来《き》て、すずめたちが草《くさ》の葉《は》をつかんでいます。「草葉《くさば》を掴《つか》む」はどんな状況《じょうきょう》を意味《いみ》する行動《こうどう》でしょうか。考《かんが》えてみてください。

［どの子《こ》にも涼《すず》しく風《かぜ》の吹《ふ》く日《ひ》かな］

子どもたちが遊《あそ》んでいて、涼《すず》しい夏《なつ》の風《かぜ》が吹《ふ》き渡《わた》っています。川辺《かわべ》とか広場《ひろば》、あるいは校庭《こうてい》とか公園《こうえん》の、夏《なつ》の日《ひ》でしょうか。

［娘《こ》を呼《よ》べば猫《ねこ》が来《きた》りし端居《はしい》かな］

「縁側《えんがわ》」のある家《いえ》が少《すく》なくなったので、端居《はしい》がわかりにくいかも。34ページの絵《え》を見《み》てください。呼《よ》んだ相手《あいて》とはちょっとちがったけれど、ねこも来《き》て端居《はしい》している平和《へいわ》な風景《ふうけい》です。

［目《め》には青葉山《あおばやま》ほととぎす初《はつ》がつお］

季語《きご》が三《みっ》つ、あります。青葉《あおば》、ほととぎす、初《はつ》がつお。目《め》と耳《みみ》と口《くち》、すなわち全身《ぜんしん》で夏《なつ》を楽《たの》しんでいます。

［なみのおとうきわのなかできききました］

おしりを浮《う》き輪《わ》に乗《の》せて、波間《なみま》に浮《う》かんでいるのです。気持《きも》ちがよさそう。沖《おき》のヨットや水平線《すいへいせん》が見《み》えます。すぐそばで波音《なみおと》も聞《き》こえます。

夏《なつ》の短夜《みじかよ》ワンダーランド

毎日《まいにち》のようにどこかで楽《たの》しい行事《ぎょうじ》が行《おこな》われている夏《なつ》の夜《よる》。あっという間《ま》に過《す》ぎるのに、残像《ざんぞう》はいつまでも心《こころ》に映《うつ》ります。

花火《はなび》

［揚《あ》げ花火《はなび》　仕掛《しか》け花火《はなび》］

納涼《のうりょう》もかねて、全国各地《ぜんこくかくち》で花火大会《はなびたいかい》が行《おこな》われます。夜空《よぞら》に色《いろ》とりどりの花火《はなび》を打《う》ち上《あ》げ、みんなでながめて楽《たの》しみます。振動《しんどう》が胸《むね》にひびく大《おお》きな音《おと》も味《あじ》わいのひとつ。

ほたる狩《が》り

川《かわ》や田畑《たはた》へほたるの光《ひかり》を見《み》に出《で》かけること。夕《ゆう》闇《やみ》にやわらかな光《ひかり》がゆらりとただよう光景《こうけい》は、幻想的《げんそうてき》です。

ほたる

［ほたる合戦《がっせん》　大《おお》ぼたる　ほうたる］

夏《なつ》の月《つき》

暑《あつ》い日中《にっちゅう》が過《す》ぎると、月《つき》がいっそう涼《すず》しく感《かん》じられます。

怪談《かいだん》

幽霊《ゆうれい》や妖怪《ようかい》などの怖《こわ》い話《はなし》。怪談《かいだん》がひとつ終《お》わるごとにろうそくの火《ひ》をひとつ消《け》す**「百物語《ひゃくものがたり》」**は、夏《なつ》の季語《きご》です。

夏《なつ》の夜《よ》 お祭《まつ》りの夜《よる》、縁側《えんがわ》で過《す》ごす夜《よる》、星《ほし》をながめた夜《よる》…。心《こころ》の中《なか》に、いろいろな感情《かんじょう》を思《おも》い起《お》こさせる言葉《ことば》。

大文字《だいもんじ》
京都市《きょうとし》で行《おこな》われる送《おく》り火《び》の行事《ぎょうじ》。送《おく》り火《び》は、お盆《ぼん》に帰《かえ》ってきた霊《れい》をあの世《よ》に送《おく》ります。如意ケ岳《にょいがたけ》に「大文字《だいもんじ》」が浮《う》かんだのち、「妙法《みょうほう》」「舟形《ふながた》」「左大文字《ひだりだいもんじ》」「鳥居形《とりいがた》」が次々《つぎつぎ》と灯《とも》されます。

盆《ぼん》［魂祭《たままつり》　盂蘭盆《うらぼん》］
先祖《せんぞ》の霊《れい》をむかえ、供《そな》え物《もの》などをして供養《くよう》します。野菜《やさい》で作《つく》られた馬《うま》や牛《うし》は、精霊《しょうりょう》の乗《の》り物《もの》になります。

明易《あけやす》し
夏《なつ》は夜《よる》がすぐに明《あ》けてしまいます。「短夜《みじかよ》」も同《おな》じ意味《いみ》の季語《きご》です。

盆踊《ぼんおど》り
精霊《しょうりょう》をなぐさめ送《おく》り出《だ》す踊《おど》り。人々《ひとびと》にとっての娯楽《ごらく》でもあります。

蚊帳《かや》
蚊《か》にさされるのを防《ふせ》ぐ道具《どうぐ》。涼《すず》しい風《かぜ》をよく通《とお》します。雷《かみなり》のときに怖《こわ》さをやり過《す》ごしたりもします。

走馬灯《そうまとう》
ろうそくに明《あ》かりを灯《とも》すと、影絵《かげえ》がくるくると回《まわ》り出《だ》します。

※お盆関連《ぼんかんれん》の言葉《ことば》は、俳句《はいく》では秋《あき》の季語《きご》です。8月上旬《がつじょうじゅん》の立秋《りっしゅう》のころから秋《あき》になるためです。くわしくは44ページへ。

夏《なつ》のお祭《まつ》り絵巻《えまき》

葵祭《あおいまつり》 5月《がつ》15日《にち》

京都《きょうと》上賀茂神社《かみがもじんじゃ》と下鴨神社《しもがもじんじゃ》、両社《りょうしゃ》のお祭《まつ》り。平安時代《へいあんじだい》の貴族《きぞく》の格好《かっこう》をした人々《ひとびと》が、葵《あおい》の花《はな》で飾《かざ》った牛車《ぎっしゃ》とともに大行列《だいぎょうれつ》を作《つく》ります。

三社祭《さんじゃまつり》 5月中旬《がっちゅうじゅん》

東京《とうきょう》の浅草神社《せんそうじんじゃ》のお祭《まつ》り。いきな江戸《えど》っ子《こ》たちが、**「神輿《みこし》」**をかついで町《まち》を豪快《ごうかい》に練《ね》り歩《ある》きます。

祇園祭《ぎおんまつり》 7月《がつ》1〜31日《にち》

京都東山《きょうとひがしやま》の八坂神社《やさかじんじゃ》のお祭《まつ》り。17日《にち》に行《おこな》われる「山鉾巡業《やまぼこじゅんぎょう》」では、美《うつく》しく飾《かざ》られた「山《やま》」と「鉾《ほこ》」が、京都市内《きょうとしない》を回《まわ》ります。

天神祭《てんじんまつり》 7月《がつ》24〜25日《にち》

大阪天満宮《おおさかてんまんぐう》のお祭《まつ》り。神《かみ》さまを乗《の》せた御鳳輦奉安船《ごほうれんほうあんせん》や、どんどこ船《ぶね》、落語船《らくごぶね》など、多《おお》くの船《ふね》が川《かわ》を行《い》き交《か》います。

夏《なつ》の花《はな》

強《つよ》い日差《ひざ》しを浴《あ》びて、色濃《いろこ》い見事《みごと》な花《はな》を咲《さ》かせます。

ばら

あやめ

睡蓮《すいれん》［未草《ひつじぐさ》］

夕方《ゆうがた》にしぼみ、蓮《はす》に似《に》ているため、「睡眠《すいみん》する蓮《はす》」が名前《なまえ》の由来《ゆらい》です。

桐《きり》の花《はな》

高《たか》い木《き》の枝先《えださき》に咲《さ》くので、近《ちか》くから花《はな》は見《み》えません。

ぼたん

ひなげし［虞美人草《ぐびじんそう》］

馬鈴薯《ばれいしょ》の花《はな》

畑一面《はたけいちめん》に、白《しろ》または、うすむらさきの花《はな》が咲《さ》いたじゃがいも（馬鈴薯《ばれいしょ》）畑《ばたけ》は見事《みごと》です。

紅《べに》の花《はな》［紅花《べにばな》　末摘花《すえつむはな》］

昔《むかし》より花《はな》からは紅《べに》、種《たね》からは油《あぶら》をとっていました。

おじぎ草《そう》

葉《は》にふれると、へなっとたれます。

朝顔《あさがお》［牽牛花《けんぎゅうか》］

江戸時代《えどじだい》から園芸用《えんげいよう》として人気《にんき》がありました。7月上旬《がつじょうじゅん》ごろから、各地《かくち》で**「朝顔市《あさがおいち》」**が開《ひら》かれます。

みみず

みみずは土《つち》を耕《たがや》してくれています。

あり

ハッピーバースデー！
夏《なつ》生《う》まれです

亀《かめ》の子《こ》

鹿《か》の子《こ》［子鹿《こじか》］

青森《あおもり》ねぶた祭《まつり》

8月《がつ》2～7日《か》

「ラッセラー」のかけ声《ごえ》とともに、迫力《はくりょく》ある巨《きょ》大《だい》な人形《にんぎょう》の灯籠《とうろう》が町中《まちなか》を回《まわ》ります。

竿燈《かんとう》まつり 8月《がつ》4～7日《か》ごろ

竿燈《かんとう》という高《たか》く連《つら》なった提灯《ちょうちん》を稲穂《いなほ》に見立《みた》て、豊作《ほうさく》を願《ねが》います。秋田県《あきたけん》。

花笠《はながさ》まつり 8月《がつ》5～7日《か》

紅花《べにばな》で飾《かざ》られた花笠《はながさ》を持《も》った踊《おど》り子《こ》が、「花笠音頭《はながさおんど》」を踊《おど》ります。山形県《やまがたけん》。

仙台七夕《せんだいたなばた》まつり

8月《がつ》6～8日《か》

和紙《わし》と青竹《あおだけ》で作《つく》られる豪華《ごうか》な吹《ふ》き流《なが》しが町中《まちなか》に飾《かざ》られます。宮城県仙台市《みやぎけんせんだいし》。

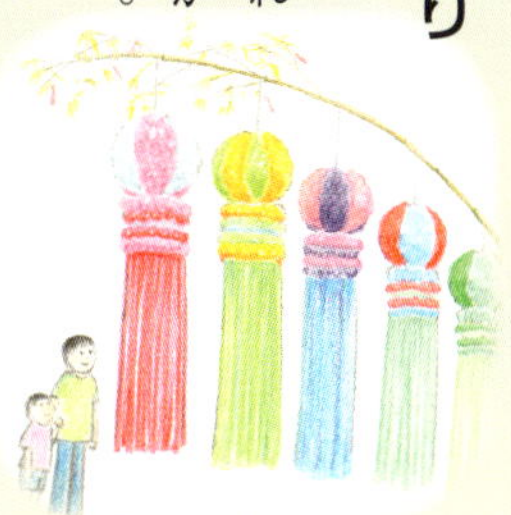

エイサー 8月中旬《がつちゅうじゅん》

沖縄県《おきなわけん》の盆踊《ぼんおど》り。大太鼓《おおだいこ》や、三線《さんしん》という沖縄《おきなわ》の独特《どくとく》の楽器《がっき》を演奏《えんそう》します。

阿波《あわ》おどり 8月《がつ》12～15日《にち》

徳島県《とくしまけん》の盆踊《ぼんおど》り。陽気《ようき》なおはやしに合《あ》わせて、踊《おど》り子《こ》が列《れつ》を作《つく》って練《ね》り歩《ある》きます。全国《ぜんこく》に広《ひろ》まっています。

いろいろな夏《なつ》の季語《きご》

落《お》とし文《ぶみ》

おとしぶみという虫《むし》が葉《は》っぱを巻《ま》いて作《つく》る幼虫《ようちゅう》のゆりかごのこと。それを、ほととぎすやうぐいすが落《お》としていった手紙《てがみ》に見立《みた》てた季語《きご》です。

赤《あか》い河馬《かば》

かばは強《つよ》い日差《ひざ》しを浴《あ》びると、皮《ひ》ふを守《まも》るために赤《あか》いあせをかきます。

ナイター

夜間《やかん》に行《おこな》われる野《や》球《きゅう》の試合《しあい》。新《あたら》しい季語《きご》です。

くすぐりの木《き》

［さるすべり］

幹《みき》をこすると、花《はな》や葉《は》っぱがまるでくすぐられて笑《わら》っているかのようにゆれます。

くじら来《く》る

船《ふね》からくじらをながめるホエールウオッチングのこと。「くじら」だけだと冬《ふゆ》の季語《きご》になります。

原爆忌《げんばくき》

昭和《しょうわ》20年《ねん》の原爆《げんばく》を思《おも》い出《だ》し、死者《ししゃ》をとむらい、平和《へいわ》を願《ねが》う日《ひ》。8月《がつ》6日《か》は広島《ひろしま》、9日《か》は長崎《ながさき》。

くらげ

そろそろ秋《あき》の気配《けはい》

夜《よる》の秋《あき》 日中《にっちゅう》は暑《あつ》くても、夜《よる》になると涼《すず》しさが増《ま》し、秋《あき》のように感《かん》じること。

晩夏《ばんか》 暑《あつ》さはまだまだ厳《きび》しくても、どこか夏《なつ》の終《お》わりを予感《よかん》させるころ。「**晩夏光《ばんかこう》**」は、そんな夏《なつ》の最後《さいご》の光《ひかり》。

涼風《すずかぜ》 夏《なつ》の終《お》わりにふと感《かん》じる涼《すず》しい風《かぜ》のこと。

ねんてん先生《せんせい》の一句《いっく》

朝五時《あさごじ》のひかりのままにこの薔薇《ばら》は

季語《きご》 ばら

夏《なつ》の朝五時《あさごじ》は、すでに明《あか》るいのです。その夜明《よあ》けの光《ひかり》のかたまりのようにばらが咲《さ》いています。「この」は目《め》の前《まえ》にばらがあることを示《しめ》します。

さあ、38～41ページの季語《きご》の句《く》をしょうかいしますよ。

大蛍《おおほたる》ゆらりゆらりと通《とお》りけり

季語《きご》 大《おお》ぼたる

作者《さくしゃ》 小林一茶《こばやしいっさ》

暗《くら》く暑《あつ》く大群衆《だいぐんしゅう》と花火《はなび》待《ま》つ

季語《きご》 花火《はなび》

作者《さくしゃ》 西東三鬼《さいとうさんき》

市中《いちなか》はものの匂《にお》いや夏《なつ》の月《つき》

季語《きご》 夏《なつ》の月《つき》

作者《さくしゃ》 野沢凡兆《のざわぼんちょう》

消《き》え際《ぎわ》の線香花火《せんこうはなび》の柳《やなぎ》かな

季語《きご》 線香花火《せんこうはなび》

作者《さくしゃ》 鈴木花蓑《すずきはなみの》

解説《かいせつ》

［大蛍《おおほたる》ゆらりゆらりと通《とお》りけり］

「ゆらりゆらり」が、ほたるの光《ひかり》の大《おお》きさを表現《ひょうげん》していますね。このほたる、源氏《げんじ》ぼたるでしょうか。日本《にほん》にはどんなほたるがいるか、調《しら》べてみるとおもしろいかも。

［暗《くら》く暑《あつ》く大群衆《だいぐんしゅう》と花火《はなび》待《ま》つ］

むんむんする熱気《ねっき》を感《かん》じますね。その熱気《ねっき》、花火《はなび》への期待感《きたいかん》でもあります。どんな花火《はなび》が上《あ》がるのでしょうか。

［市中《いちなか》はものの匂《にお》いや夏《なつ》の月《つき》］

「市中《いちなか》」は町《まち》の中《なか》です。いろんなにおいがするのは市中《いちなか》に活気《かっき》があるから。その町《まち》の上空《じょうくう》に少《すこ》し赤《あか》い夏《なつ》の月《つき》が出《で》ています。月《つき》は町《まち》を見下《みお》ろしている感《かん》じ？

［消《き》え際《ぎわ》の線香花火《せんこうはなび》の柳《やなぎ》かな］

線香花火《せんこうはなび》のおしまいは柳《やなぎ》の火花《ひばな》。その柳《やなぎ》まで、火玉《ひだま》を落《お》とさないでいることはむつかしいですね。柳《やなぎ》の火花《ひばな》を見《み》ながら、この線香花火《せんこうはなび》の人《ひと》は満足《まんぞく》しているのかも。

閻王《えんおう》の口《くち》や牡丹《ぼたん》を吐《は》かんとす

季語《きご》　ぼたん

作者《さくしゃ》　与謝蕪村《よさぶそん》

馬鈴薯《ばれいしょ》に花咲《はなさ》く青《あお》い空《そら》が好《す》き

季語《きご》　馬鈴薯《ばれいしょ》の花《はな》

作者《さくしゃ》　瀧春樹《たきはるき》

原爆許《げんばくゆる》すまじ蟹《かに》かつかつと瓦礫《がれき》あゆむ

季語《きご》　原爆忌《げんばくき》

作者《さくしゃ》　金子兜太《かねことうた》

遠《とお》くにて水《みず》の輝《かがや》く晩夏《ばんか》かな

季語《きご》　晩夏《ばんか》

作者《さくしゃ》　高柳重信《たかやなぎしげのぶ》

居残《いのこ》りで群《む》れるこうもりぼく一人《ひとり》

季語《きご》　こうもり

作者《さくしゃ》　上村柔毅（小5）

［閻王《えんおう》の口《くち》や牡丹《ぼたん》を吐《は》かんとす］

「閻王《えんおう》」は閻魔大王《えんまだいおう》です。地獄《じごく》の王《おう》ですが、そのこわい閻魔《えんま》の大《おお》きな口《くち》からはき出《だ》されるもの、それはぼたんの花《はな》だというのです。意外《いがい》ですね。ぼたんはどんな色《いろ》でしょうか。

［馬鈴薯《ばれいしょ》に花咲《はなさ》く青《あお》い空《そら》が好《す》き］

馬鈴薯《ばれいしょ》の花《はな》が咲《さ》きました。空《そら》は大好《だいす》きな青空《あおぞら》。気持《きも》ちのよい風景《ふうけい》です。馬鈴薯《ばれいしょ》はじゃがいものことです。馬鈴薯《ばれいしょ》の花《はな》を、探《さが》して実際《じっさい》に見《み》てください。青空《あおぞら》に似合《にあ》うでしょうか。

［原爆許《げんばくゆる》すまじ蟹《かに》かつかつと瓦礫《がれき》あゆむ］

「原爆許《げんばくゆる》すまじ」は「原爆《げんばく》を許《ゆる》さないぞ」という意志《いし》。「蟹《かに》かつかつと瓦礫《がれき》あゆむ」は目《め》の前《まえ》のようすです。原爆《げんばく》と蟹《かに》、この二《ふた》つのちがいはなんでしょうか。また、この句《く》を詠《よ》んだ作者《さくしゃ》の思《おも》いも考《かんが》えてみましょう。

［遠《とお》くにて水《みず》の輝《かがや》く晩夏《ばんか》かな］

晩夏《ばんか》の光《ひかり》、「晩夏光《ばんかこう》」を詠《よ》んだ句《く》です。どのような感《かん》じでかがやいているのでしょうか。みんなで話《はな》し合《あ》ってみてもいいですね。

［居残《いのこ》りで群《む》れるこうもりぼく一人《ひとり》］

何《なに》かの用事《ようじ》で学校《がっこう》に居残《いのこ》ったぼく。なんとこうもりが群《む》れて飛《と》びまわり始《はじ》めました。ぼくのドキドキが伝《つた》わってきますね。

春《はる》夏《なつ》のこよみ

俳句《はいく》が誕生《たんじょう》したころは「旧暦《きゅうれき》」が使《つか》われていました。旧暦《きゅうれき》は季語《きご》の季節感《きせつかん》に深《ふか》く影響《えいきょう》しています。また、「二月《にがつ》」やその別名《べつめい》の「如月《きさらぎ》」なども季語《きご》です。

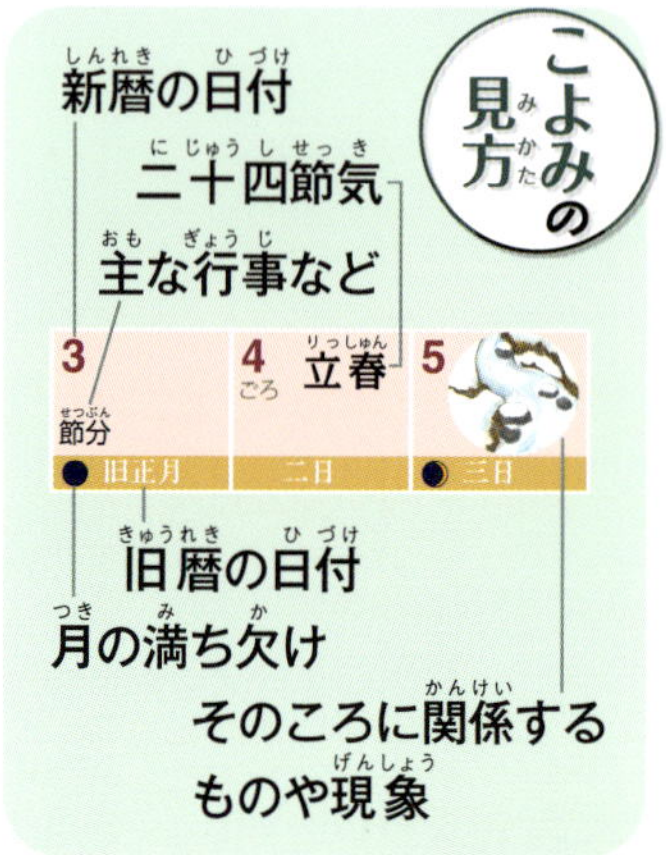

こよみの見方《みかた》
新暦《しんれき》の日付《ひづけ》
二十四節気《にじゅうしせっき》
主《おも》な行事《ぎょうじ》など
3 節分《せつぶん》 旧正月
4 ごろ 立春《りっしゅん》 二日
5 三日
旧暦《きゅうれき》の日付《ひづけ》
月《つき》の満《み》ち欠《か》け
そのころに関係《かんけい》するものや現象《げんしょう》

二月《にがつ》 如月《きさらぎ》 / 三月《さんがつ》 弥生《やよい》 / 四月《しがつ》 卯月《うづき》 / 五月《ごがつ》 皐月《さつき》

30 二十七日	31 二十八日	1 二十九日	2 三十日	3 節分《せつぶん》 旧正月	4 ごろ 立春《りっしゅん》 二日	5 三日
6 四日	7 五日	8 六日	9 七日	10 八日	11 建国《けんこく》記念《きねん》の日《ひ》 九日	12 十日
13 十一日	14 バレンタインデー 十二日	15 十三日	16 十四日	17 十五日	18 十六日	19 ごろ 雨水《うすい》 十七日
20 十八日	21 十九日	22 二十日	23 二十一日	24 二十二日	25 二十三日	26 二十四日
27 二十五日	28 二十六日	1 二十七日	2 二十八日	3 ひなまつり 桃《もも》の節句《せっく》 二十九日	4 三十日	5 如月一日
6 ごろ 啓蟄《けいちつ》 二日	7 三日	8 四日	9 五日	10 六日	11 七日	12 八日
13 九日	14 十日	15 ホワイトデー 十一日	16 十二日	17 十三日	18 十四日	19 十五日
20 十六日	21 ごろ 春分《しゅんぶん》 彼岸《ひがん》 十七日	22 十八日	23 十九日	24 二十日	25 二十一日	26 二十二日
27 二十三日	28 二十四日	29 二十五日	30 二十六日	31 二十七日	1 二十八日	2 二十九日
3 弥生一日	4 二日	5 ごろ 清明《せいめい》 三日	6 四日	7 五日	8 六日	9 七日
10 八日	11 九日	12 十日	13 十一日	14 十二日	15 十三日	16 十四日
17 十五日	18 十六日	19 十七日	20 ごろ 穀雨《こくう》 十八日	21 十九日	22 二十日	23 二十一日
24 二十二日	25 二十三日	26 二十四日	27 二十五日	28 二十六日	29 昭和《しょうわ》の日《ひ》 二十七日	30 二十八日
1 二十九日	2 ごろ 八十八夜《はちじゅうはちや》 三十日	3 憲法《けんぽう》記念《きねん》日《び》 卯月一日	4 みどりの日《ひ》 二日	5 こどもの日《ひ》 端午《たんご》の節句《せっく》 三日	6 ごろ 立夏《りっか》 四日	7 五日
8 六日	9 七日	10 八日	11 九日	12 十日	13 十一日	14 十二日
15 十三日	16 十四日	17 十五日	18 十六日	19 十七日	20 十八日	21 ごろ 小満《しょうまん》 十九日

旧暦《きゅうれき》と新暦《しんれき》

旧暦《きゅうれき》（太陰太陽暦《たいいんたいようれき》）は、月《つき》の満《み》ち欠《か》けをもとに作《つく》られたこよみで、新月《しんげつ》を一日《ついたち》としています。1年《ねん》が365日《にち》より短《みじか》くなってしまうため、数年《すうねん》ごとに「うるう月《づき》」を入《い》れて調整《ちょうせい》していました。今《いま》の新暦《しんれき》（太陽暦《たいようれき》）になったのは、明治《めいじ》5（1872）年《ねん》のことです。

左《ひだり》のこよみを見てみましょう。例《たと》えば、「七夕《たなばた》」は新暦《しんれき》では梅雨時《つゆどき》で「夏《なつ》」ですが、旧暦《きゅうれき》では8月《がつ》の上旬《じょうじゅん》なので「秋《あき》」に分類《ぶんるい》されます。現代《げんだい》では、旧暦《きゅうれき》を理解《りかい》しつつも、自分《じぶん》の季節感《きせつかん》で俳句《はいく》を作《つく》ることが大切《たいせつ》でしょう。

二十四節気《にじゅうしせっき》

春分《しゅんぶん》と秋分《しゅうぶん》を基本《きほん》に1年《ねん》を24等分《とうぶん》し、季節《きせつ》に合《あ》う名前《なまえ》をつけたものです。季語《きご》探《さが》しの目安《めやす》になるうえ、これらもみんな季語《きご》になります。

春《はる》

立春《りっしゅん》 春《はる》の始《はじ》まりの日《ひ》。節分《せつぶん》の翌日《よくじつ》。春《はる》といってもまだ寒《さむ》い。

雨水《うすい》 雪《ゆき》が雨《あめ》に、氷《こおり》が水《みず》に変《か》わるころ。農耕《のうこう》の準備《じゅんび》も始《はじ》まります。

啓蟄《けいちつ》 土中《どちゅう》で冬眠《とうみん》していた虫《むし》などが出《で》てくるころ。（8ページ）

春分《しゅんぶん》 昼夜《ちゅうや》の長《なが》さがほぼ同《おな》じになる日《ひ》。以降昼間《いこうひるま》が長《なが》くなります。

清明《せいめい》 清《きよ》らかで明《あか》るいこと。花《はな》が咲《さ》きほこり、春《はる》らんまんです。

穀雨《こくう》 春雨《はるさめ》がさまざまな穀物《こくもつ》や木《こ》の芽《め》をうるおし、成長《せいちょう》させます。

夏《なつ》

立夏《りっか》 夏《なつ》の始《はじ》まりの日《ひ》。春雨《はるさめ》は止《や》み、草木《くさき》はしげり、「薫風《くんぷう》」の時期《じき》。

小満《しょうまん》 光明《ひかりあか》るく植物《しょくぶつ》も動物《どうぶつ》も満《み》ち足《た》りていて、大《おお》いに育《そだ》つころ。

芒種《ぼうしゅ》 「芒《ぼう》」は稲《いね》の花《はな》にあるとげ。田《た》植《う》えが行《おこな》われいそがしいとき。

夏至《げし》 一年中《いちねんじゅう》でいちばん昼間《ひるま》が長《なが》いころ。（29ページ）

小暑《しょうしょ》 梅雨《つゆ》が終《お》わりに近《ちか》づき、暑《あつ》さが本格的《ほんかくてき》になってきます。

大暑《たいしょ》 猛暑《もうしょ》、入道雲《にゅうどうぐも》、はげしい雷雨《らいう》…。夏《なつ》がいちばん盛《さか》んなころです。

※「立秋《りっしゅう》」以降《いこう》は、2巻《かん》『季節《きせつ》のことばを見《み》つけよう 秋冬《あきふゆ》』に掲載《けいさい》しています。

	22 二十日	23 二十一日	24 二十二日	25 二十三日	26  二十四日	27 二十五日	28 二十六日
六月《ろくがつ》 水無月《みなづき》	29 二十七日	30 二十八日	31  二十九日	1 三十日	2 皐月一日	3 二日	4 三日
	5 四日	6 ごろ 芒種《ぼうしゅ》  五日	7 六日	8 七日	9 八日	10  九日	11 ごろ 梅雨入《つゆい》り 十日
	12 十一日	13 十二日	14 十三日	15  十四日	16 十五日	17 十六日	18 十七日
	19  十八日	20 十九日	21 二十日	22 ごろ 夏至《げし》 二十一日	23 二十二日	24  二十三日	25 二十四日
七月《しちがつ》 文月《ふみづき》	26 二十五日	27  二十六日	28 二十七日	29 二十八日	30 二十九日	1 水無月一日	2 ごろ 半夏生《はんげしょう》 二日
	3 三日	4 四日	5 五日	6 六日	7 ごろ 小暑《しょうしょ》 七夕《たなばた》 七日	8 八日	9 九日
	10 十日	11 十一日	12  十二日	13 十三日	14 十四日	15 十五日	16  十六日
	17 十七日	18 ごろ 海《うみ》の日《ひ》 十八日	19 十九日	20 ごろ  土用入《どようい》り 二十日	21 二十一日	22  二十二日	23 ごろ 大暑《たいしょ》 二十三日
	24  二十四日	25 二十五日	26 二十六日	27 二十七日	28  二十八日	29 二十九日	30 三十日
八月《はちがつ》 葉月《はづき》	31 文月一日	1 二日	2  三日	3 四日	4 五日	5 六日	6 七日
	7  八日	8 ごろ 立秋《りっしゅう》 九日	9 十日	10 十一日	11 十二日	12 十三日	13  十四日
	14 十五日	15 十六日	16 十七日	17 十八日	18  十九日	19 二十日	20 二十一日
	21 二十二日	22 二十三日	23 ごろ 処暑《しょしょ》 二十四日	24 二十五日	25 二十六日	26 二十七日	27 二十八日
	28 二十九日	29 葉月一日	30 二日	31 三日	1 ごろ 二百十日《にひゃくとおか》 四日	2 五日	3 六日
	4 七日	5 八日	6 九日	7 十日	8 ごろ 白露《はくろ》 十一日	9 重陽《ちょうよう》の節句《せっく》 十二日	10 十三日

※こよみは2011年《ねん》のものをもとにして作《つく》っています。

季語索引《きごさくいん》

春 はる

あ行

か行

さ行

た行

な行

は行

ま行

や行

ら行

わ行

夏 なつ

あ行

青葉《あおば》雨《あめ》……26
あおばずく……26
青岬《あおみさき》……32・36
青森《あおもり》ねぶた祭《まつり》（秋《あき》）……41
赤《あか》い河馬《かば》……41
あげは……24・30
あげはちょう……24
揚《あ》げ花火《はなび》……38
明易《あけやす》し……39
朝顔《あさがお》（秋《あき》）……40
朝顔市《あさがおいち》……40
朝焼《あさや》け……33
鯵《あじ》……35
紫陽花《あじさい》……28・34
暑《あつ》い……24
暑《あつ》さ……24
暑《あつ》し……24
あまがえる……28
天《あま》の川《がわ》（秋《あき》）……29
雨降《あめふ》り小僧《こぞう》……28
あやめ……40
鮎《あゆ》……35
あり……40
阿波踊《あわおど》り（秋《あき》）……41
あわび……35
浮《う》き輪《わ》……32・37
打《う》ち水《みず》……34
うちわ……34
卯月《うづき》……44
空《うつ》せみ……33
うなぎ……35
梅《うめ》の実《み》……28
盂蘭盆《うらぼん》（秋《あき》）……39
瓜《うり》の馬《うま》（秋《あき》）……39
雲海《うんかい》……33
炎天《えんてん》……33
扇《おうぎ》……34
大《おお》ほたる……38・42
おじぎ草《そう》……40
落《お》とし文《ぶみ》……41
泳《およ》ぎ……33
織姫《おりひめ》（秋《あき》）……29

か行

蚊《か》……34
カーネーション……26
海水浴《かいすいよく》……32
かき氷《ごおり》……34
柿若葉《かきわかば》……24
飾《かざ》りかぶと……26
柏《かしわ》もち……27
風薫《かぜかお》る……27
風《かぜ》の香《か》……27
片《かた》かげ……25
かたつむり……28・31
かたばみの花《はな》……24
河童《かっぱ》……28
鹿《か》の子《こ》……40
かび……28
かぶと人形《にんぎょう》……26
かぶと虫《むし》……33
雷《かみなり》……32
亀《かめ》の子《こ》……40
蚊帳《かや》……39
蚊遣《かや》り……34
かるがも……25
川遊《かわあそ》び……32
かわせみ……27
竿燈《かんとう》まつり（秋《あき》）……41
木《き》いちご……35
祇園祭《ぎおんまつり》……40
乞巧奠《きこうでん》（秋《あき》）……29
帰省《きせい》……33
きもだめし……38
キャンプ……33・36
きゅうり……35
行水《ぎょうずい》……34
桐《きり》の花《はな》……40
銀河《ぎんが》（秋《あき》）……29
金魚《きんぎょ》……34
金魚玉《きんぎょだま》……34
金魚鉢《きんぎょばち》……34
草刈《くさか》り……24
くじら来《く》る……41
くすぐりの木《き》……41
くす玉《だま》……29
くちなしの花《はな》……28
虞美人草《ぐびじんそう》……40
くまぜみ……33
雲《くも》の峰《みね》……24・30
くらげ……41
黒南風《くろはえ》……28
くわがた虫《むし》……33
薫風《くんぷう》……27
夏至《げし》……29・45
ケルン……33
牽牛《けんぎゅう》（秋《あき》）……29
牽牛花《けんぎゅうか》（秋《あき》）……40
原爆忌《げんばくき》……41・43
こいのぼり……27・31
こうもり……38・43
ゴーヤー（秋《あき》）……35
氷菓子《こおりがし》……34
氷水《こおりみず》……34
五月《ごがつ》……44
五月人形《ごがつにんぎょう》……26
子鹿《こじか》……40
こどもの日《ひ》……26
衣《ころも》がえ……27

さ行

さくらんぼ……35
皐月《さつき》……44
五月晴《さつきば》れ……27
早《さ》苗《な》ぶり……26
五月雨《さみだれ》……28
ざりがに……32
さるすべり……41
三社祭《さんじゃまつり》……40
仕掛《しか》け花火《はなび》……38
しじゅうから……27
刺繡花《ししゅうばな》……28
滴《したた》り……24
七月《しちがつ》……45
七変化《しちへんげ》……28
清水《しみず》……33
十薬《じゅうやく》……28
ジューンドロップ……24
小暑《しょうしょ》……45
しょうぶ湯《ゆ》……26
小満《しょうまん》……44・45
初夏《しょか》……27
織女《しょくじょ》（秋《あき》）……29
暑中見《しょちゅうみ》まい……32
しらさぎ……25
白南風《しろはえ》……28
新緑《しんりょく》……26
水泳《すいえい》……33
すいか（秋《あき》）……34
睡蓮《すいれん》……40
末摘花《すえつむはな》……40
涼風《すずかぜ》……41
涼《すず》し……34・37
涼《すず》しい……34
涼《すず》む……34
砂日傘《すなひがさ》……32
盛夏《せいか》……24
星河《せいが》（秋《あき》）……29
積乱雲《せきらんうん》……24
雪渓《せっけい》……33
せみ……25・36
線香花火《せんこうはなび》……38・42
扇子《せんす》……34
仙台七夕《せんだいたなばた》まつり（秋《あき》）……41
扇風機《せんぷうき》……34
走馬灯《そうまとう》……39

た行

大暑《たいしょ》……45
大文字《だいもんじ》（秋《あき》）……39
田植《たう》え……26
田植《たう》え唄《うた》……26
滝《たき》……33・36
筍《たけのこ》……15
たこ……35
たちあおい……24
七夕《たなばた》（秋《あき》）……29
七夕竹《たなばただけ》（秋《あき》）……29
魂祭《たままつり》（秋《あき》）……39
玉虫《たまむし》……33
端午《たんご》の節句《せっく》……26
父《ちち》の日《ひ》……26
茅《ち》の輪《わ》……28
茅《ち》の輪《わ》くぐり……28
ちまき……27
つばめの子《こ》……24
積《つ》み石《いし》……33
梅雨《つゆ》……28
梅雨晴《つゆば》れ……28
梅雨闇《つゆやみ》……28
手鞠花《てまりばな》……28
天神祭《てんじんまつり》……40
でんでん虫《むし》……28
テント……33
てんとう虫《むし》……25
どくだみ……28
ところてん……34
登山《とざん》……33
登山道《とざんどう》……33
飛魚《とびうお》……35
トマト……35
土用《どよう》……35
土用波《どようなみ》……32

な行

ナイター……41
流《なが》れ星《ぼし》（秋《あき》）……29
夏越《なごし》……28
夏越《なごし》の祓《はらえ》……28
なす……35
なすの牛《うし》（秋《あき》）……39
なすの鴫焼《しぎや》き……35
夏海《なつうみ》……32
夏《なつ》が来《き》た……31
夏《なつ》かげ……25
夏川《なつがわ》……25
夏草《なつくさ》……25・30
夏木立《なつこだち》……25
夏《なつ》さかん……24
夏空《なつぞら》……25
夏野《なつの》……25
夏《なつ》の海《うみ》……32
夏《なつ》のかも……25
夏《なつ》の川《かわ》……25・30
夏《なつ》の空《そら》……25
夏《なつ》のちょう……24
夏《なつ》の月《つき》……38・42
夏《なつ》の天《てん》……25
夏《なつ》の始《はじ》め……27
夏《なつ》の日《ひ》……25
夏《なつ》の山《やま》……25
夏《なつ》の夜《よ》……39
夏服《なつふく》……27
夏《なつ》めく……27
夏休《なつやす》み……32
夏山《なつやま》……25
苦瓜《にがうり》（秋《あき》）……35
虹《にじ》……32
西日《にしび》……33
入道雲《にゅうどうぐも》……24
熱帯夜《ねったいや》……38
納涼《のうりょう》……34

は行

蝿《はえ》……34
葉桜《はざくら》……24
端居《はしい》……34・37
八月《はちがつ》（秋《あき》）……45
初《はつ》がつお……35・37
葉月《はづき》（秋《あき》）……45
初夏《はつなつ》……27
花氷《はなごおり》……34
花《はな》ござ……27
花火《はなび》……38・42
母《はは》の日《ひ》……26
はも落《お》とし……35
ばら……40・42
馬鈴薯《ばれいしょ》の花《はな》……40・43
晩夏《ばんか》……41・43
晩夏光《ばんかこう》……41
万緑《ばんりょく》……25
ビーチパラソル……32
ピーマン……35
日《ひ》かげ……25
日傘《ひがさ》……34
ひきがえる……28
彦星《ひこぼし》（秋《あき》）……29
未草《ひつじぐさ》……40
ひなげし……40
ひまわり……24
百日草《ひゃくにちそう》……25
百物語《ひゃくものがたり》……38
日焼《ひや》け……33
冷《ひや》そうめん……35
冷奴《ひややっこ》……35
ひょう……32
昼顔《ひるがお》……25
昼寝《ひるね》……32・36
びわ……35
風鈴《ふうりん》……34
プール……33
吹《ふ》き流《なが》し……27
文月《ふみづき》（秋《あき》）……45
へちまの花《はな》……24
紅《べに》の花《はな》……40
紅花《べにばな》……40
芒種《ぼうしゅ》……45
ほうたる……38
星合《ほしあ》い（秋《あき》）……29
ほたる……38
ほたる合戦《がっせん》……38
ほたる狩《が》り……38
ぼたん……40・43
捕虫《ほちゅう》あみ……25
ほととぎす……26・31・37
盆《ぼん》（秋《あき》）……39
盆踊《ぼんおど》り（秋《あき》）……39

ま行

まいまい……28
真夏《まなつ》……24
真夏日《まなつび》……33
豆飯《まめめし》……35
神輿《みこし》……40
短夜《みじかよ》……39
水着《みずぎ》……32
水鉄砲《みずでっぽう》……34
水無月《みなづき》……34・45
みみず……40
みんみんぜみ……33
麦茶《むぎちゃ》……34
麦《むぎ》の秋《あき》……27
麦笛《むぎぶえ》……27
麦《むぎ》わら帽《ぼう》……34
武者人形《むしゃにんぎょう》……26
めだか……32
メロン……35

や行

矢車《やぐるま》……27
山滴《やましたた》る……24
山登《やまのぼ》り……33
山開《やまびら》き……29
山女《やまめ》……35
やもり……39
夕涼《ゆうすず》み……34
夕立《ゆうだち》……32・37
夕凪《ゆうなぎ》……32
夕焼《ゆうや》け……33
浴衣《ゆかた》……38
百合《ゆり》……25
夜見世《よみせ》……38
夜店《よみせ》……38
夜《よる》の秋《あき》……41

ら行

ラムネ……34
立夏《りっか》……31・44・45
流星《りゅうせい》（秋《あき》）……29
六月《ろくがつ》……45

わ行

若葉《わかば》……26

※（秋《あき》）…夏《なつ》に収録《しゅうろく》した秋《あき》の季語《きご》です。

＊鰊は鰊、鰺は鯵、蠅は蝿と表記しています。

ねんてん先生の俳句《はいく》の学校《がっこう》

季節のことばを見つけよう

春夏

監修

坪内稔典《つぼうちとしのり》（俳号　稔典《ねんてん》）

一九四四年、愛媛県生まれ。現代俳句を代表する作家で、正岡子規や夏目漱石の研究者でもある。著書に、『子規のココア・漱石のカステラ』（NHK出版）、『季語集』、『俳句のユーモア』、『正岡子規 言葉と生きる』（岩波書店）、句集『水のかたまり』、『坪内稔典句集』（ふらんす堂）など。平成16年京都市文化功労者。平成22年『モーロク俳句ますます盛ん』（岩波書店）で第13回桑原武夫学芸賞受賞。京都教育大学・佛教大学名誉教授。俳句グループ「船団の会」代表。かば好き、柿好き、あんパン好きでも知られている。

『ねんてん先生《せんせい》の俳句《はいく》の学校《がっこう》』

シリーズのご案内《あんない》

❶ 季節《きせつ》のことばを見《み》つけよう　春夏《はるなつ》

❷ 季節《きせつ》のことばを見《み》つけよう　秋冬《あきふゆ》

❸ 俳句《はいく》をつくろう

＊3冊《さつ》セットでお使《つか》いください。

装丁・本文デザイン　たけちれいこ

イラスト　高島尚子　ねんてん先生、6～7、18～21、26～27、38～41ページ

おぜきせつこ　4～5、24～25、28～29ページ

鈴木真実　6～7、12～13、26～27、32～35ページ

なかむら しんいちろう　8～9、32～33ページ

大橋慶子　14～15、34～35、40～41ページ

編　集　清田久美子（教育画劇）

桑原るみ（オフィス303）

協　力　株式会社 虎屋

参考文献

● 『カラー図説 日本大歳時記 春』

● 『カラー図説 日本大歳時記 夏』

● 『カラー図説 日本大歳時記 秋』水原秋櫻子・加藤楸邨・山本健吉 監修（講談社）

● 『別冊太陽 日本を楽しむ暮らしの歳時記 春号』

● 『別冊太陽 日本を楽しむ暮らしの歳時記 夏号』（平凡社）

● 『評解 名句辞典』麻生磯次・小高敏郎 著（創拓社）

● 『ポプラディア情報館 年中行事』新谷尚紀 監修（ポプラ社）

● 『ヤマケイ情報箱 田んぼの生き物図鑑』内山りゅう 写真・文（山と渓谷社）

ねんてん先生《せんせい》の俳句《はいく》の学校《がっこう》 ❶ 季節《きせつ》のことばを見《み》つけよう 春夏《はるなつ》

2011年2月15日　初版発行　　2019年4月1日　4刷発行

発行者　升川和雄

発行所　株式会社教育画劇

〒151-0051 東京都渋谷区千駄ヶ谷5-17-15

TEL 03-3341-3400　FAX 03-3341-8365

http://www.kyouikugageki.co.jp

印刷所　大日本印刷株式会社

DTP制作　株式会社オフィス303

ISBN 978-4-7746-1339-0 C8092

（全3冊セットISBN 978-4-7746-1338-3）